O surgimento da noite
Ruwëri

*Ou o livro das transformações contadas
pelos Yanomami do grupo Parahiteri*

edição brasileira© Hedra 2022
organização e tradução© Anne Ballester

coordenação da coleção Luísa Valentini
edição Luisa Valentini e Jorge Sallum
coedição Suzana Salama
assistência editorial Paulo Henrique Pompermaier
revisão Luisa Valentini e Vicente Sampaio
capa Lucas Kroëff

ISBN 978-65-89705-71-0
conselho editorial Adriano Scatolin,
Antonio Valverde,
Caio Gagliardi,
Jorge Sallum,
Ricardo Valle,
Tales Ab'Saber,
Tâmis Parron

*Grafia atualizada segundo o Acordo Ortográfico da Língua
Portuguesa de 1990, em vigor no Brasil desde 2009.*

*Direitos reservados em língua
portuguesa somente para o Brasil*

EDITORA HEDRA LTDA.
Av. São Luís, 187, Piso 3, Loja 8 (Galeria Metrópole)
01046–912 São Paulo SP Brasil
Telefone/Fax +55 11 3097 8304
editora@hedra.com.br

www.hedra.com.br

Foi feito o depósito legal.

O surgimento da noite
Ruwëri

Ou o livro das transformações contadas
pelos Yanomami do grupo Parahiteri

Anne Ballester (*organização e tradução*)

2ª edição

São Paulo   2022

O surgimento da noite relata, através de narrativas, o surgimento de elementos do mundo dos Yanomami. Da noite, como diz o título, mas também do tabaco, do cipó, da banana, entre outros. Tudo acontece através do personagem Horonami, um grande pajé que surgiu dele mesmo e junto com as florestas, e ensinou aos Yanomami como morar nelas. Além de compartilhar os conhecimentos com o próprio povo, também o fez com os estrangeiros. *O surgimento da noite* faz parte do segmento Yanomami da coleção Mundo Indígena — com *O surgimento dos pássaros, A árvore dos cantos* e *Os comedores de terra* —, que reúne quatro cadernos de histórias dos povos Yanomami, contadas pelo grupo Parahiteri. Trata-se da origem do mundo de acordo com os saberes deste povo, explicando como, aos poucos, ele veio a ser como é hoje.

Anne Ballester foi coordenadora da ONG Rios Profundos e conviveu vinte anos junto aos Yanomami do rio Marauiá. Trabalhou como professora na área amazônica, e atuou como mediadora e intérprete em diversos *xapono* do rio Marauiá — onde também coordenou um programa educativo. Dedicou-se à difusão da escola diferenciada nos *xapono* da região, como à formação de professores Yanomami, em parceria com a CCPY Roraima, incorporada atualmente ao Instituto Socioambiental (ISA). Ajudou a organizar cartilhas monolíngues e bilíngues para as escolas Yanomami, a fim de que os professores pudessem trabalhar em sua língua materna. Trabalhou na formação política e criação da Associação Kurikama Yanomami do Marauiá, e participou da elaboração do Plano de Gestão Territorial e Ambiental (PGTA), organizado pela Hutukara Associação Yanomami e o ISA.

Mundo Indígena reúne materiais produzidos com pensadores de diferentes povos indígenas e pessoas que pesquisam, trabalham ou lutam pela garantia de seus direitos. Os livros foram feitos para serem utilizados pelas comunidades envolvidas na sua produção, e por isso uma parte significativa das obras é bilíngue. Esperamos divulgar a imensa diversidade linguística dos povos indígenas no Brasil, que compreende mais de 150 línguas pertencentes a mais de trinta famílias linguísticas.

Sumário

Apresentação 9

Como foi feito este livro 11

Para ler as palavras yanomami 15

O SURGIMENTO DA NOITE. 17

O surgimento da noite 19

Ruwëri 23

Horonamɨ 27

Horonamɨ 31

O surgimento do tabaco 35

Hãxoriwë 41

Horonamɨ e o tatu 45

Mororiwë 53

O surgimento da banana 59

Pore 65

A anta que andava nas árvores 71

Xama a rë ɨmɨnowei 73

Apresentação

Este livro reúne histórias contadas por pajés yanomami do rio Demini sobre os tempos antigos, quando seres que hoje são animais e espíritos eram gente como os Yanomami de hoje. Estas histórias contam como o mundo veio a ser como ele é agora.

Trata-se de um saber sobre a origem do mundo e dos conhecimentos dos Yanomami que as pessoas aprendem e amadurecem ao longo da vida, por isto este é um livro para adultos. As crianças yanomami também conhecem estas histórias, mas sugerimos que os pais das crianças de outros lugares as leiam antes de compartilhá-las com seus filhos.

Como foi feito este livro

ANNE BALLESTER SOARES

Os Yanomami habitam uma grande extensão da floresta amazônica, que cobre parte dos estados de Roraima e do Amazonas, e também uma parte da Venezuela. Sua população está estimada em 35 mil pessoas, que falam quatro línguas diferentes, todas pertencentes a um pequeno tronco linguístico isolado. Essas línguas são chamadas yanomae, ninam, sanuma e xamatari.

As comunidades de onde veio este livro são falantes da língua xamatari ocidental, e ficam no município de Barcelos, no estado do Amazonas, na região conhecida como Médio Rio Negro, em torno do rio Demini.

DA TRANSCRIÇÃO À TRADUÇÃO

Em 2008, as comunidades Ajuricaba, do rio Demini, Komixipiwei, do rio Jutaí, e Cachoeira Aracá, do rio Aracá — todas situadas no município de Barcelos, estado do Amazonas — decidiram gravar e transcrever todas as histórias contadas por seus pajés. Elas conseguiram fazer essas gravações e transcrições com o apoio do Prêmio Culturas Indígenas de 2008, promovido pelo Ministério da Cultura e pela Associação Guarani Tenonde Porã.

No mês de junho de 2009, o pajé Moraes, da comunidade de Komixipiwei, contou todas as histórias, auxiliado pelos pajés Mauricio, Romário e Lauro. Os professores yanomami Tancredo e Maciel, da comunidade de Ajuricaba, ajudaram nas viagens entre Ajuricaba e Barcelos durante a realização do projeto. Depois, no mês de julho, Tancredo e outro professor, Simão, me ajudaram a fazer a transcrição das gravações, e Tancredo e Carlos, professores respectivamente de ajuricaba e komixipiwei, me ajudaram a fazer uma primeira tradução para a língua portuguesa.

Fomos melhorando essa tradução com a ajuda de muita gente: Otávio Ironasiteri, que é professor yanomami na comunidade Bicho-Açu, no rio Marauiá, o linguista Henri Ramirez, e minha amiga Ieda Akselrude de Seixas. Esse trabalho deu origem ao livro *Nohi patama Parahiteri pë rë kuonowei të ã — História mitológica do grupo Parahiteri*, editado em 2010 para circulação nas aldeias yanomami do Amazonas onde se fala o xamatari, especialmente os rios Demini, Padauiri e Marauiá. Para quem quer conhecer melhor a língua xamatari, recomendamos os trabalhos de Henri Ramirez e o *Diccionario enciclopedico de la lengua yãnomãmi*, de Jacques Lizot.

A PUBLICAÇÃO

Em 2013, a editora Hedra propôs a essas mesmas comunidades e a mim que fizéssemos uma reedição dos textos, retraduzindo, anotando e ordenando assim narrativas para apresentar essas histórias para adultos e para crianças de todo o Brasil. Assim, o livro original deu origem a diversos livros com as muitas histórias contadas pelos pajés yanomami. E com a ajuda do PROAC, programa de apoio da SECULT–SP e da antropóloga Luísa Valentini, que organiza a série Mundo Indígena, publicamos agora uma versão bilíngue das principais narrativas coletadas, com o digno propósito de fazer circular um livro que seja, ao mesmo tempo, de uso dos yanomami e dos *napë* — como eles nos chamam.

Este livro, assim como o volume do qual ele se origina, é dedicado com afeto à memória de nosso amigo, o indigenista e antropólogo Luis Fernando Pereira, que trabalhou muito com as comunidades yanomami do Demini.

Para ler as palavras yanomami

Foi adotada neste livro a ortografia elaborada pelo linguista Henri Ramirez, que é a mais utilizada no Brasil e, em particular, nos programas de alfabetização de comunidades yanomami. Para ter ideia dos sons, indicamos abaixo.

/ɨ/   vogal alta, emitida do céu da boca, próximo a *i* e *u*
/ë/   vogal entre o *e* e o *o* do português
/w/   *u* curto, como em *língua*
/y/   *i* curto, como em *Mário*
/e/   vogal *e*, como em português
/o/   *o*, como em português
/u/   *u*, como em português
/i/   *i*, como em português
/a/   *a*, como em português
/p/   como *p* ou *b* em português
/t/   como *t* ou *d* em português
/k/   como *c* de *casa*
/h/   como o *rr* em *carro*, aspirado e suave
/x/   como *x* em *xaxim*
/s/   como *s* em *sapo*
/m/   como *m* em *mamãe*
/n/   como *n* em *nada*
/r/   como *r* em *puro*

O surgimento da noite

O surgimento da noite

H ORONAMɨ procurou aquilo que nos permite dormir. Ele fez aquilo que nos fará dormir. Aconteceu em toda a floresta. Ele procurou sem desistir, procurou, procurou e acabou encontrando essa coisa perto da sua moradia. A cauda da coisa já estava visível, pendurada em um galho, mas Horonamɨ pensava que a coisa estaria sentada na raiz de uma árvore e continuou procurando longe, em todas as direções.

Não foi a noite que surgiu sozinha, de repente, para nós dormirmos. Assim, quem fez não foi outro. Não foi outro que fez anoitecer: foi Horonamɨ, e apenas Horonamɨ, quem soprou nosso sono — somente ele.

Qual a razão dessa procura? Como de dia ninguém parava de fazer sexo — vocês também não fazem sexo de dia? — e como a noite não existia — era sempre luz forte do dia — para ele esquecer os outros fazendo sexo, ele procurou a noite para envolver todos na escuridão.

A noite estava empoleirada em cima de uma árvore não muito distante. Parecia com um mutum empoleirado, cuja cauda repousava na parte alta de um galho inclinado de uma árvore *paikawa*.[1] Assim era a escuridão. Apesar de a noite parecer um mutum, Horonamɨ conseguiu encontrá-la. A noite também cantava como um mutum.

---

1. Árvore baixa, chamada localmente de pé-de-maçarico.

Nessa época, os animais — como arara, mutum, queixada, anta, veado, caiarara, maitaca, irara, tamanduá-bandeira, papagaio e jabuti — eram Yanomami e, como os Yanomami, moravam em *xapono*. Horonamɨ designou cada espécie de animal e deu-lhes seus nomes. Naquela época, ele procurou pela terra firme sem descanso, quando não havia *xapono* espalhados pela selva; havia somente o *xapono* dele.[2] Os animais também viviam em *xapono*.[3]

Quando Horonamɨ soprou a escuridão com sua zarabatana para nós dormirmos, ele queria que anoitecesse. Ele encontrou a escuridão e soprou. Depois de fazer cair a escuridão, ao mesmo tempo se desenhou um pequeno círculo no chão, embaixo do lugar onde estava empoleirado o dono da escuridão.

O pai do cunhado de Horonamɨ se chamava Manawë. Ele era uma boa pessoa, e avisou:

— Ele vai achar agora! Tomem cuidado! — avisou Manawë no *xapono*.

Quando Horonamɨ flechou o mutum da noite, apesar de estar perto da sua moradia e de retornar correndo, ele também sofreu, porque anoiteceu de uma vez. Depois de ter soprado a noite em todos os cantos, e de ter corrido, ele adormeceu. Naquela noite, os Yanomami também sofreram. Não anoiteceu devagar. Até Horonamɨ passou fome, pois não tinha como fazer fogo. Ele acabou ficando na escuridão, apesar de estar perto do seu *xapono*. Como foi assim que aconteceu, a mãe dele também sofreu, todos ficaram tontos de fome à noite. A escuridão perseguiu Horonamɨ bem de perto, e ele estava com fome.

---

2. Horonamɨ realiza diversas buscas para encontrar tudo que os Yanomami usam para viver.
3. Isto é, eram gente.

Depois de a noite apagar o dia, os que moravam com ele morreram de fome, pois comiam somente terra, comiam terra vorazmente e sofriam. Não sobreviveram. Até seu próprio cunhado sofreu e quase morreu. Horonami ficou angustiado.

Havia então três pajés: o avô, o avô mais novo e o cunhado, e eles esquartejaram a noite, fazendo reaparecer a luz do dia.

Para as pessoas não comerem mais terra, Horonami foi caçar. Ele nos ensinou a caçar. Ele tinha uma zarabatana, que alguns Yanomami usam para soprar, era isso que ele usava. Ele soprava os animais, tinha um sopro forte, e foi assim que ele nos ensinou a matar a caça com veneno.

É assim, é a própria história dos antepassados. É a história daquele que se apossou da floresta, é o início de tudo, a história do primeiro dono da floresta, Horonami.

Ruwëri

PËMA kɨ miopë, pëma kɨ pehi taei ha, të tama. Ɨhɨ të rë tare, exi të ha të taema? Pëma kɨ rë hɨtɨtɨwë rë miore, të taprapë. Komikomi të urihi ha e kuopë, a taa he yatirarepë, a taema. A taprai he yatiopë, kama yahipɨ ahete ha, ɨ̃hɨ të texinakɨ pata hãpraa waikiama kupiyei ha.

— Kihamɨ hii hi nasiki ha pei të pata roa — a puhi ha kunɨ, a taema, a taei payëkou piyëkoma.

Kama titititi a ha kuxëprarunɨ, a ha harɨnɨ, pëma kɨ miopë mai! Kama titititi a xomi ha pëtarunɨ, pëma kɨ mio pehi mai! Ɨnaha a taprarema, ai tënɨ mai! Titititi a rë kuprouwei, ai tënɨ a tapranomi, Horonamɨ a yainɨ. Ɨhɨ xĩro. Horonamɨnɨ kama pëma kɨ maharixipɨ pehi rë horakenowei Horonamɨ a yaia totihia. Ɨhɨ a xĩro yaia.

Heao ha të pë na ha wayotinɨ, heao ha wama kɨ na wa rë wayouwei, hei të titititi kuprou mao tëhë, mɨ haru a xĩro hiakawë kuotii kutaenɨ, ɨ̃hɨ të nohi mohotipropë, titititi a taema. Të ka kahupropë.

Hei ai a hikari rë prare naha, kihi Ruwëri a paa, hei a pata paoma, paruri kurenaha a pata paoma. Paikawa kohi pata ora hitoteopë ha, të texinakɨ pata hãpraoma. Ɨnaha Ruwëri a kuoma. Ɨhɨ Ruwëri a rë kui, paruri kurenaha a kuoma makui, yakumɨ a he haa he yatirema. Kama titititi a makui, paruri kurenaha a ĩkɨma, mɨa kurenaha, mɨa ĩkɨɨ kuaama.

Ɨhɨ tëhë, yakumɨ yaro, ara, paruri, warë, xama, haya, hoaxi, ãrima, hoari, tëpë, werehi, totori, Yanomamɨ hei kurenaha, të pë hiraoma. Ɨhɨnɨ yaro pë wãha hiraapotayoma. Kamiyë pëma kɨnɨ, pëma pë wãha yuapë. Ɨhɨ të mɨ wakaraxi xĩro hamɨ a taeotima, taeotima, taeotima...Ai yahi ai, ai yahi, xapono kurenaha kuo tëhë mai! Yami a përɨoma. Hei a xapono rë kurenaha hapa pë kuoma.

Ɨhɨ tëhë Horonamɨnɨ Ruwëri a rë horaprare, pëma kɨ rë miowei, të mɨ titi titimaɨ puhiopë yaro, a horama, titititi kamanɨ a horaprarema. A ha kemarɨnɨ, ĩhɨ të xĩro ha a rë kemare të ha, ĩsitoripɨ komorewë titititi a praoma. Titititi a praoma, ĩhɨ a pepi ha.

Pe heri hɨɨpɨ rë kuonowei, ĩhɨ pë hɨɨ Manawë e wãha kuoma. E wãha wãritio taonomi. Pe heri hɨɨpɨ wãha kuoma.

— Kuikë a tapraɨ kure. Pei pë ta moyawëpo! — e kuu heama.

Kutaenɨ a rë niarahari, kama a wãisipɨ ahetea makure, a rërëimama makui, a no preaama. Rope të mɨ titirayou yaro. A ha horararɨnɨ, a rërëatii makui, hei a mio kure. Ɨhɨ të titi hamɨ, pë no Yanomamɨ preaai xoaopë. Opisi titi a kuaaɨ taonomi. Ɨhɨ tëhë kama a makui, a no preaama, ohiri, pohoro hi kɨ poimi yaro. Kama a ruwëmoma, yakumɨ kama a ruwëmoma, a hiraa ahetea makure, a ruwëmoma. Ɨnaha të kuprarioma kutaenɨ pë nɨɨ e no preaama, pë ohiri wëkëkoma mɨ titi hamɨ. Ɨnaha të kua. Kihi raxa si kɨ rë kurenaha, ĩnaha e ruwëmou kuoma, yahi ahetea makui. Ohiri.

Horonamɨnɨ pë kãi rë përɨawei ha, pë ka rë hëaprarihe, ohi a wayunɨ, pë nomaa haikirayoma. Pë xëprarema. Hei pita a yãxaamahe, a pata wëhërɨmamahe, horema pë rë kurenaha pë no preaama. Ɨhɨ e pë hëpronomi. Pe heri a no premapoma. Pe heri e kãi waharoprarioma. Kama a rë kui, a xi harihirayoma.

Hekura ĩnaha të pë kua yaro, pë xɨɨ, pë xɨɨ oxe, pe heri, ĩnaha pë kua yaro, ĩnaha, ai, ai, ai, pë hekura kua yaro. Titi a ha yakëkëprai he ha yatiroheni, të mɨ harumaremahe. Ihiru heinaha kuwë, huya, pë hiakapronomi, pë nomaa haikirayoma. Pë ohitima yaro. Pruka mi titi të pë yukemahe yaro, titi a huxomi hamɨ, pë hiakapronomi, pë ruwëri no preaama, pë ni kãi ha mapraruni, ihiru rope pë nomaɨ he tiherimoma, ĩnaha të pë kuaama.

Ɨhɨ hei të rë kupraruhe hami, kama a ramɨ huɨ, a ramɨ huɨ, kamiyë pëma kɨ hiraɨ ha, yaro pë niaɨ hiraɨ ha, mokawa a poimi makure, yoroa Yanomamɨ të pë rë horaɨwehei, ĩhɨnaxomi a poma. Ɨhɨni yaro pë horama, mɨxiã kɨ hiakao totihioma, ĩhɨ të pou yaro, të pë husunɨ, të pë ixou hiraɨ ha, ai të ihiru imisi kãi hĩrema, të rë xëprarenowei, ĩhɨ rë a rë përɨo mi hetuonowei, ihirupɨ xëpraɨ hayurayoma. Pore a përɨoma, hapa kãi, Horonamɨ payeri, ĩhɨ ihirupɨ rë xëpraɨ hirare, kutaeni, õka të pë ha huni, të pë xëɨhe, ĩhɨni të pë horaɨ hirama. Ɨnaha të kuwë, pata të ã yai. Ɨhɨ urihi a rë ponowei të ã, të komosi rë praikuhe hami të ã.

Horonami

E STA é a verdadeira história de nosso surgimento: quando a floresta era virgem, apareceu Horonami, personagem principal de nossa história, por causa de seus ensinamentos. O grande pajé[1] yanomami Horonami surgiu dele mesmo; surgiu ao mesmo tempo que esta floresta e foi quem ensinou os Yanomami a morar nela. Assim foi o início.

Não existia Yanomami como os de hoje, nem outro ser humano.

Ele propagou sua sabedoria para que nossa história fosse sempre lembrada e discutida, como fazemos agora. Aconteceu bem antes de os tuxauas yanomami passarem a existir como existem hoje.[2] Horonami foi o primeiro habitante da floresta e nos ensinou a morar nela, assim como ensinou também aos estrangeiros, os *napë*.[3] Ele não tinha pai, mas mesmo assim ele surgiu. Ele surgiu em uma floresta maravilhosa.

---

1. Ser pajé, nestas histórias, quer dizer que o personagem em questão é ou tem a capacidade de se transformar em espírito e, com isso, fazer coisas extraordinárias.
2. No Amazonas, onde vivem as comunidades de Ajuricaba e Komixipiwei, usa-se *tuxaua* ou *liderança* para designar a pessoa de referência de uma comunidade indígena, por essa razão optou-se por esses termos na tradução.
3. O termo *napë* designa os estrangeiros, em geral os brancos, ou quem adotou seus costumes.

Quem morava com Horonami? Horonami morava com seu cunhado, Wiyanawë, que, apesar de não ter desposado sua irmã, era seu verdadeiro cunhado.[4] Horonami sempre o levava consigo nos períodos que passavam dentro da mata, chamados *wayumi*, e ensinou os descendentes como ir de *wayumi*.[5]

Apesar de sua mãe não ter parido Horonami, pois ele surgiu de repente, o nome de sua mãe era Yotoama. O pajé Horonami foi quem procurou e descobriu nossa comida, nosso conhecimento da floresta e o habitat dos animais, para que, quando os Yanomami ocupassem a floresta, eles fossem capazes de aplacar sua fome de carne.

Ele descobriu o nome dos animais quando eles viviam como nós. Apesar de serem animais, antes eles viviam do mesmo modo que os Yanomami.

Como ele fez aparecer a água para acalmar a sede dos Yanomami? Ele abriu várias veredas na floresta. Abriu veredas em todas as direções, de forma que elas nunca sumam e que sempre bebamos água.

Horonami tinha seu próprio *xapono*,[6] onde moravam também seus aliados, que se tornaram muito importantes.

---

4. Os Yanomami, tradicionalmente, não podem chamar uns aos outros por seus nomes próprios, por isso usam termos de parentesco. Quando não há consanguinidade, são usados termos de afinidade, como cunhado ou sogro. Cunhado é também um termo positivo, na medida em que indica alguém em quem se pode confiar.

5. Longas estadias coletivas na floresta. Em geral são motivadas pela falta de comida no *xapono*. A comunidade pode se dividir em vários grupos quando se trata de um *xapono* populoso, e se desloca num vasto círculo, fazendo acampamentos sucessivos.

6. Os *xapono* são as casas coletivas circulares onde moram os Yanomami. Cada casa corresponde a uma comunidade; em geral não se fazem duas casas numa mesma localidade.

Como se chamava o *xapono* pertencente a Horonami? Esse *xapono* chamava-se Horona.

O *xapono* vizinho, que ficava do outro lado do rio, se chamava Menawakoari. Os primeiros habitantes desse *xapono* também se chamavam Menawakoari. Penewakoari era o tuxaua e morava com o grupo dos Kapurawëteri. O tuxaua dos que moravam com Horonami se chamava Penewakoari. Kapurawë era o nome do *xapono* e da região dos Kapurawëteri.[7]

Penewakoari morava com eles e estava destinado a se transformar num monstro. Penewakoari depois se transformou no monstro Xõewëhena, faminto de carne e comedor de crianças. Mas, quando ainda era Yanomami, Penewakoari morava no *xapono* Kapurawëteri, vizinho ao *xapono* Horona.

Nesses *xapono* moravam poucas pessoas. Com o tempo, nos *xapono* vizinhos foram aparecendo mais tuxauas. Os primeiros tuxauas que viviam nos *xapono* vizinhos, os *xapono* dos aliados, não eram nossos antepassados, eram outros. Sobre eles se contaram estas histórias.

---

7. *Habitantes*: em alguns casos o *xapono* tem o nome de seu tuxaua.

Horonamɨ

Y ANOMAMɨ hekura kama xoati a pëtarioma, urihi hamɨ he usukuwë a rë pëtarionowei, Yanomamɨ përɨaɨ hirarewë a rë pëtarionowei a yai. Ɨnaha të kua, hapa. Yanomamɨ hei kurenaha pë kuo mao tëhë, ai të kuonomi. Wetinɨ pëma kɨ taprarema? Kamiyë pëma kɨ rë pëtarionowei të ã yai kua. Pëma kɨ rë hiranowei kurenaha pëma kɨ noã tayopë. Urihi a xomao tëhë, Horonamɨni Yanomamɨ të rë hiranowei, ĩhɨ a xĩro perɨamɨ pëtarioma. Horonamɨ Yanomamɨ të pë ihirupɨ përɨamɨ kuo mao tëhë, Horonamɨ hapa kama hekura a pëtarioma. Pëtarunɨ, urihi a yurema. Ɨnaha kamiyë pëma kɨ no patapɨ yai wãha kua. A përɨkema. Kamiyë pëma kɨ përɨaɨ hirapë. Napë pë makui, pë përɨaɨ hirapë, hirama. Horonamɨ ai pë nɨɨ e kuonomi makui, kama a pëtarioma. Urihi hei a kuonomi, urihi katehe a ha a pëtarioma, katehe urihi a ha. Horonamɨ weti xo kɨ përɨpɨoma? Kama Horonamɨ, pe heri xo, Horonamɨ pe heri a rë pararuponowei, notiwa të kɨ wayumɨ përɨaɨ hiraɨ ha a rë pararuponowei, pe heri Wɨyanawë e wãha kuoma, ĩhɨ Horonamɨ pe heri yai, yaɨpɨ e poimi makure, Wɨyanawë pe heri e kuoma. Pë nɨɨni a kepranomi makui, e xomi pëtarioma, pë nɨɨ Yotoama e wãha kuoma. Horonamɨ kahikɨ rë nɨɨmonowei kama xoati Yotoama e wãha kuoma, Horonamɨ nɨɨpɨ. Yanomamɨ pë rarou mao tëhë, ĩhɨ a rë përɨkenowei, hapa a wãha koro prao kure. Ɨhɨnɨ Horonamɨni hekura a rë pëtarionowei, kama xoati a rë pëtarionowei, ĩhɨnɨ kamiyë pëma kɨ rë iaɨwei, a urihi rë mɨnowei, yaro pë rë përɨhimonowei, pë rë wãrinowei, kamiyë pëma kɨ naiki waopë.

Hei kurenaha kuwë të pë përɨhimoma, ĩhɨnɨ yaro pë wãha wãrima, ĩhɨ a mori kua yaro. Yarori pë makui, e pë Yanomamɨ përɨai ha parɨikunɨ, Horonamɨnɨ pë wãrii piyëkoma.

Ĩhɨnɨ pë amixi kãi rë kõamanowei, ĩhɨnɨ wetinɨ, weti naha u pë kupropë? Horonamɨnɨ urihi hamɨ pei yo pë reiki rë tanowei, exi të pë kupropë mai! Mayo kɨ maprou pëo rë mai, yo kɨ tama. Mau pëma u pë koapë. U pë kupropë, yo pë tama. Ɨnaha a urihi komio tëhë, ĩnaha të tama.

Horonamɨ xaponopɨ kuoma, pë rë përɨonowei. Ɨhɨ payeri a rë payeriponowehei, përɨamɨ të pë kuprarioma.

Kama xaponopɨ ipa kurenaha, pukatu hamɨ, ai xapono, a rë kuonowei, Horonamɨ kama xapono e rë ponowei, weti naha e wãha kuoma? A kãi rë përɨonowei, nahi rë ĩtaponowei, kama Horona xapono e wãha kuoma. Ɨhɨ kamanɨ a wãha rë yehipore a kãi përɨoma. Ɨhɨ e wãha kuoma, xapono.

Kama kɨpɨ rë përɨpɨonowei, ihɨ te he tikë ha, Menawakoari a kuoma. Hapa të pë rë përɨonowei të pë wãha, Menawakoari, Penewakoari hapa Xõewëhena yai, yai të rë kuprarionowei, Penewakoari a naikia rë përɨonowei, Penewakoari përɨamɨ kë a, Kapurawëteri pë kãi përɨoma. Hei Horonamɨ kama teri e pë kãi rë përɨonowei Penewakoari përɨamɨ a wãha yai kuoma. Kama e pë rë kui Kapurawëteri e pë wãha kuoma. Kama yahipɨ, urihipɨ Kapurawëteri e wãha kuoma. Kama përɨamɨ Penewakoari, yai të kupropë makui, pë kãi përɨoma. Ihiru pë wama, hei kurenaha pë wama. Hapa a yanomamɨo tëhë, Penewakoari a përɨkema.

Inaha houkutawë, kuwëtatawë pë kãi përioma. Hãikitawë pë kãi përioma. Ihi kama e pë rë kui Kapurawëteri. Kama përiami Penewakoari a wãha kuoma. Ihi te he wai tikëre hami, pë yahipi he rë tikëkëmonowei, xoati përiami pë kuprarioma. Kama nohi pë yahipi he rë tikëkëmonowei, përiami ai, hapa të pë rë kuonowei, kamiyë yama ki no patama mai, ai! Hapa të pë wãha nohi rë wëyënowehei të pë wãha.

O surgimento do tabaco

ESTA é a história de Hãxoriwë, o dono do tabaco. Antes ninguém usava o tabaco, porque ninguém conhecia suas sementes, nem as soprava para semear.

"É desse jeito que se coloca o tabaco no lábio!" Ninguém pensava assim. Eles não conheciam o tabaco; por isso, ninguém andava com brejeira no lábio, ninguém o usava, pois o desconheciam.

Nessa época, Hãxoriwë morava sozinho, não tinha esposa nem filho. Quando Horonami por acaso o encontrou, ele fez perguntas a Hãxoriwë. Horonami o encontrou pois era pajé e se deslocava facilmente. Quando Horonami o encontrou, ele o viu comendo a fruta *pahi*, um tipo de ingá. Hãxoriwë estava comendo, mas não usava tabaco. Ele tinha vontade de usar tabaco, por isso chorava. Hãxoriwë chorava. Estava sofrendo por causa do tabaco, e assim nos ensinou a ter vontade de usar o tabaco — por isso choramos quando não tem tabaco.

Horonami apareceu naquele momento; Hãxoriwë estava comendo. Ele comia frutas *pahi* sem parar. Os galhos estavam cheios de frutas agrupadas, que estavam penduradas nos galhos carregados. Horonami o viu comer. Horonami estava vindo sem nada, não tinha brejeira, mas fez aparecer no seu lábio um tabaco sem cor. Ele fez aparecer o tabaco *taratara*.[1] Enquanto Horonami ainda estava de pé, ele perguntou a Hãxoriwë:

1. Trata-se de uma variedade forte de tabaco, muito apreciada.

— Quem é você? Você aí, quem é?

— Não pergunte quem sou! Sou Hãxoriwë! — disse ele.

— Meu filho,[2] é você?

— Sim.

— Você, quem é você?

— Sou Horonami, sou Horonami — disse. — O que você está comendo?

— Não pergunte o que é! — retrucou. — Eu como fruta. Eu como fruta. É a fruta *pahi*! — disse Hãxoriwë.

Quando ele disse isso, Horonami olhou. Ele queria fazer aparecer o tabaco. Ele não fez aparecer o tabaco da forma que o conhecemos, pois ninguém, sequer ele mesmo, sabia preparar o tabaco depois de soprar as sementes e de misturar as folhas com cinzas. Como Horonami era pajé, ele fez sair o tabaco de dentro de Hãxoriwë. Depois de fazer sair o tabaco sem cor, ele o usou. Hãxoriwë olhou e quando viu o tabaco:

— *Hiii*! — chorou logo.

Era um ardil para que Horonami lhe desse o tabaco:

— Brejeira! Meu filho! Brejeira! — chorou Hãxoriwë.

— *Hiii*! Meu sogro! Você está sofrendo tanto assim?!

— Sim! Estou querendo, meu filho! Divida o que você tem no lábio! — chorou ele.

— Meu sogro está sofrendo muito, mesmo! Me dê algumas das frutas que você está comendo e eu lhe darei tabaco para você provar! — disse Horonami.

Com essa conversa, Hãxoriwë jogou uma ou duas frutas. Ele estava sovinando as frutas, guardando-as só para si. Horonami experimentou as frutas.

---

2. Modo carinhoso usado por parentes mais velhos ao se dirigirem a parentes mais novos, mais especificamente entre pais e filhos ou avós e netos.

Depois de chupar as frutas, os caroços caíam por si sós, de tão maduras:

"*Hïïï*! *Prohu*! *Prohu*!" elas faziam ao cair.

— Sogro! As sementes estão moles. Tem muitas frutas ali grudadas, tire para mim!

— Não, primeiro me passe a brejeira!

Hãxoriwë nos ensinou essa palavra: brejeira. Assim, quando Horonami a guardou no lábio, ele disse:

— Minha brejeira!

Não apareceu logo esse nome, tabaco.[3] Ele só apareceu quando Hãxoriwë pronunciou essa palavra, até então desconhecida. Horonami lhe deu a brejeira. Horonami aproveitou a situação e pediu outras frutas. Assim, Hãxoriwë lhe deu mais uma, mais uma e mais uma. Essas frutas penduradas, depois de colhidas, pareciam cachos de banana.

— Vamos, meu sogro! Experimente! — disse Horonami. — Prova!

Tëï!, Hãxoriwë caiu.

— Dê aqui! Traga aqui! — choramingou.

Como Hãxoriwë estava chorando, Horonami lhe deu o tabaco e ele logo o colocou no lábio. Quando o colocou na boca, ele já ficou tonto, e tremia de tontura. Ele chorava, embriagado. A força do tabaco o pegou imediatamente. Ainda com o tabaco na boca ele cuspiu, e a espuma caiu no chão. Onde a espuma caiu, surgiu um broto de tabaco, que logo cresceu e se espalhou de uma vez. As folhas de tabaco logo ficaram grandes, como as folhas da jurubeba.

Horonami fez aparecer o tabaco através de Hãxoriwë. O conhecimento das sementes foi transmitido, por isso

---

3. Nesta narrativa os dois termos são tratados como sinônimos.

nossos antepassados as pegaram e hoje nós usamos o tabaco, apesar de ele se originar do cuspe de Hãxoriwë.

— Meu sogro, depois de melhorar, você dirá: é só tabaco! — disse Horonami.

Enquanto Hãxoriwë estava pendurado e inebriado, uma espuma grande saiu da sua boca, por causa da força do tabaco. Ele se engasgou e cuspiu, e foi dessa espuma que surgiu o tabaco, do cuspe de Hãxoriwë, que se tornou tabaco.

E um dia, quando os antepassados foram de *wayumi*, como de costume, um deles encontrou o tabaco. Assim, fizeram se multiplicar as sementes e ficaram conhecendo o tabaco.

Quem fez aparecer o tabaco? Nós já sabemos, não foi outro que o fez aparecer. Não foi um Yanomami comum.

Havia nessa época os Yanomami do *xapono* Warahiko, e foram eles que encontraram o tabaco, foi um deles. Quando viram o tabaco, disseram:

— Õooãa! Uau! Uma plantação de tabaco!

Foram eles que pronunciaram o nome do tabaco. Em uma região ali perto, moravam dois Wãimaãtori, de outro *xapono*. Quando os do *xapono* Warahiko encontraram um deles, lhe contaram a respeito do tabaco.

— Meu filho! Qual é o nome disso? — Ah, é tabaco! — assim retrucaram os dois Wãimaãtori.

Foi assim que aconteceu: Hãxoriwë, os Warahikoteri e os dois Wãimaãtori descobriram o tabaco primeiro. Foi assim que o uso do tabaco se desenvolveu. Os *napë* não fizeram surgir o tabaco depois de soprar as sementes. Foi a partir do lugar onde surgiu o tabaco que ele se espalhou por todo canto. Assim foi.

Como surgiu o tabaco? Já sabemos: Hãxoriwë iniciou o processo quando Horonami fez aparecer o tabaco, enquanto Hãxoriwë estava olhando. É obra de Horonami, foi ele quem o fez surgir. Ele é um grande pajé, por isso, o maior.

Depois de o tabaco se espalhar, quando os Warahikoteri eram Yanomami, eles até desmaiaram com a força do tabaco *taratara*. Sofreram de tontura. Os dois Wãimaãtori que moravam mais além, apesar de serem resistentes ao tabaco, também desmaiaram e ficaram duros por causa da força do tabaco *taratara*. Mas depois eles melhoraram. Foi assim que, em seguida, pegaram as sementes de tabaco e as espalharam, fazendo-as se multiplicarem aqui. Assim foi.

Hãxoriwë morava aqui. Depois da história do sofrimento de Hãxoriwë, surge a história do encontro de Horonami com o Tatu.

Hãxoriwë

Hãxoriwë të ã. Ɨnaha të kua. Pẽe nahe mo ha horarɨheni, pẽe nahe mo kɨ ha tararɨheni, ha horarɨheni, nahe mo ha homorɨni, të pë kareanomihe, hapa. Ɨnaha pẽe nahe kareamou:

Hata kure! Të pë puhi kunomi. Xĩro të pë puhi mohoti kuotima, ĩhɨ të pë husi kãi karereapraronomi, ai të kareanomihe, të pë puhi mohoti yaro.

Ɨhɨ tëhë, Hãxoriwë yami a përioma. Hesiopɨ mai! Hesiopɨ a kãi kuonomi, ihirupɨ e kãi kuonomi. Ɨhɨ a he ha harëni, Horonamɨni a he ha harëni, a he harema, a he haapërema, a wãrima, ĩhɨ wetini e të yai taprarema. Ɨhini rë a he rë haareni, kama hekura a yaro, hei xĩro kurenaha e warokema makui, Hãxoriwë a iai ha tararɨni, pahi kɨ ha a iama. Kete, pahi kɨ ha, xĩroxĩro pẽe nahe kareponomi. A puhi toopronomi, ĩhɨ të pë ha a ĩkɨma, Hãxoriwë a ĩkɨma. Ɨhɨ të pë no pëxɨri ha a no preaama, hei pëma kɨ puhi toomi hirama, pëma kɨ ma rë ĩkɨɨwei, ĩhɨ tëhë Horonamɨ e pëtarioma. Hãxoriwë a iama. Pahi kɨ ha a iatima. Pei hi poko kɨ hami, e të pë pata yërëkëmoma, ximokore e të pë pata reikipramoma. A iai tararema. Ɨhɨ ei të rë pëtamare, xĩroxĩro a huimama, ai e të kareponomi, axiaxi e të pëtamarema, pei husi hamɨ. Ɨha e të rë pëtamare, taratara e taprai kure. Horonamɨ e upratou tëhë:

— Weti kë wa? Mihi weti kë wa? — e kuma.

— Wetima! Hãxoriwë kë ya! — e kuma — Xei! Kahë rë wa?

— Awei.

— Weti kë wa?

— Horonami̇ kë ya, Horonami̇ kë ya! — e kuma — Exi wa të ki̇ wai̇ kure? — e kuma –

— Exima! — e kui̇ no mi̇hi̇oma — Kete ya ki̇ wai̇, kete ya ki̇ wai̇. Pahi kë ki̇! – e kuma.

İhi̇ e mamo xatiprakema. Pëe e nahe pëtamai̇ puhiopë yaro. Ai̇ tëni̇, kamani̇ të mo ki̇ ha horaki̇ni̇, të ha yaari̇ni̇, e të ri̇pi̇ pëtamanomi. Kama hekura a yaro, pei huxomi hami̇ e hamarema. E ha hamari̇ni̇, e të karetarema axi. Kihi mamo xatiprakema. Pëe nahe ha trarari̇ni̇:

— Hi̇i̇i̇! — i̇harë e i̇ki̇a xoarayoma, pëe nahe ha, e të hipëamai̇ puhiopë yaro, nomohori.

— Weyuyë këëëë! Xei! Weyuyë këëëaaa! — e kuma. E mi̇a kuma — Hi̇i̇i̇! Xoape wa puhi too no preomi totihiwë tawë?

— Awei ya puhi tooma, xei, mihi wa të wai̇ rë karepore! Të ta karoa hai̇pa! — a i̇ki̇rani̇ e kuma. E kui̇ ha:

— Xoayë të ã no preo rë totihiwë yai ta këi̇i̇i̇. Mihi wa të ki̇ rë ware, i̇naha të ki̇ ta hukëa tapa! İhi̇ hei ya të hipëapë, wa të mi̇pë! — e kuma.

Ma kui̇ tëhë, porakapi e të ki̇, mahu të ki̇ xëyëkema, të ki̇ no xi i̇mapou yaro. Të ki̇ nowamama. E ha xëyëki̇ni̇, e wapama.

— Hi̇i̇i̇! Prohu! Prohu! — kama e mo ki̇ prërëi̇ rëoma, hi̇ horehewë të ki̇ pata.

— Xoape, të mo ki̇ pata prore totihiwë kë! Mihi xi̇toxi̇to të ki̇ pata rë tëre, i̇hi̇ të ki̇ pata ta hukëpa!

— Ma, weyuyë a wai̇ ta hio pario! — Kama Hãxoriwëni̇ weyu a wãha hirama. İhi̇ kutaeni̇, a karepou ha:

— Weyuyë kë! — e kuma.

Hapa pëe nahe wãha kuo hai̇onomi. E ha kuni̇, e të hipëkema. Ai ki̇ ha nomohori nakaa kõrëni̇, i̇naha, hei ai a, ai a, ai a, ĩnaha e kɨ takema. Ihɨ kɨ rë yërëkëawei, e kɨ pata ha hoyorëni, hawë kurata e të kɨ hamo pata rii kuwë.

— Pei! Xoape! Hei! Të ta wapa! — e kuma. Wapëpraa, ĩhɨ rë!

— *Tëi!* — e kerayoma. Hëyëmɨ kë! Hëyëmɨ kë! — e mɨa kuma.

E ĩkɨrani, e hipëkema. E karetaɨ xoarayoma. Ihɨ ei e rë karerehe hamɨ, Hãxoriwë a rë kui, a haɨrema. A yatiyatia haɨrayoma. A porepɨ ĩkɨma, yëtu a haɨrema, ĩhɨ të ma karepore makui, kihamɨ pei kahi u pë pata porepɨ rë prarɨrouwei, kahi u pë moxi, kuaama makui, ĩhamɨ rë nahe pëe rë pëtore, kihi nahe pata rë homorɨhe, ɨhɨ nahe pata pëprarioma, pëe. Hawë kuma masi mohe pata rë yoarɨhe.

Ihɨ Hãxoriwë iha nahe pëe rë pëtamarenowei, nahe mo kɨ piyëaɨ ha kuikuhenɨ, pëma të pë hore kareaɨ kure, pei kahi u pë makui.

— Xoape wa ha harorɨni: *pëe nahe* wa kupë tao — e kuhërɨma.

A porepɨ rukëo tëhë. Pei kanehẽro pënɨ a xoaprarioma, pëe nahe wayunɨ. Ihɨ iha pëe nahe kɨ harayoma, pei kahi u pë pëenahepraroma. Pata pë huɨ ha kuikuni, të pë wayumɨ ma rë huɨwei, të pë ma rë përɨaɨwei, të pë përɨama, pëe nahe he pata rë haaɨwei, a hurayoma.

Të mo kɨ paramaɨ xoao hëriipehe, te he pata haremahe. Wetinɨ të kɨ pëtamarema? Pë puhi kuɨ mai! Ai tënɨ pëe nahe pëtamaɨ taonomi, Yanomamɨ tënɨ mai! Warahikoriteri pë hiraoma. Kama pë xĩro hiraoma. Ihɨ pënɨ pëe nahe he haremahe. Warahikoriteri anɨ. Ihɨ pënɨ pëe nahe ha tararɨheni:

— *Õooãa!* Pëe rë nahe pata!

Ihɨ rë pënɨ nahe wãha yupraremahe. Ihɨ të he tikëa ha, Wãimaãtori kɨ përɨpɨoma. Ihɨ Warahikoriteri pënɨ a he ha hareheni, Wãimaãtoriwë kɨpɨ iha pë ã no wëa piyëkema. Ihi kɨpɨnɨ:

— Xei! Weti naha, exi të pë wãha? Puhi ku tihehë! Pëe kë nahe! — Wãimaãtori kɨpɨ kupɨma.

Ihi pënɨ, hei Hãxoriwë, Warahikoteri, Wãimaãtori kɨpɨ ĩnaha pëe nahe kareai rë xomaonowehei pë kuprarioma, te he haa rë xoamakenowehei. Inaha a kupro hërɨpë, pëe. Napë pënɨ të mo kɨ ha horakehenɨ, napë pënɨ a kãi tapranomihe. Taprano hei ami, napë pë iha. Ihi a urihi rë kutarenaha nahe pëtopë ha, a xomi tapramai xoarayo hërɨma. Inaha a kuprarioma.

— Weti naha pëe nahe kuprarioma? — puhi kuɨ mai! Haxõriwënɨ. Horonamɨnɨ e nahe hipëkema. Kama hëyëmɨ e nahe pëtamarema, kama mamo yëo tëhë. Ihi unosi yai, Horonamɨnɨ të rë pëtamarenowei, të yai. Kama hekura a yai pata, pë hɨɨ a yaro. Pë hɨɨ yai.

Hei pë rë kui, ei a rë piyërëahei, ĩhi Warahikoteri pë rë kui, pë Yanomamɨ kuo tëhë, hei pëe nahenɨ, taratara a wayunɨ pë nomarayoma. Pë porepɨ no preaama. Hei kɨ he rë torepɨre kɨ no motahapɨwë makui hei taratara anɨ, kɨ kãi nomawë kaxexëpɨwë no prepɨoma. Ihi makui, waiha kɨpɨ haropɨrayoma. Kutaenɨ hëyëha nahe mo kɨ piyëremahe, piyëa xoaremahe. Nahe mo kɨ piyëaihe, hëyëha a raroa piyëkema. Praukou xoaoma. Inaha a kuprarioma.

Hei Hãxoriwë a përɨoma, hëyëha. Ihi të mɨ amo ha, hei a no rë preaamare, hei a no rë premarihe, a ha hayuikunɨ, Mororiwë a he hõra haa piyërema.

Horonamɨ e o tatu
O surgimento do cipó e da embira

O Tatu era Yanomami e era muito comprido.[1] Horonamɨ encontrou o Tatu. Por que Horonamɨ cortou o Tatu bem na cintura? Nós, Yanomami, amarramos terçados e fazemos as cordas de arco com o cipó-de-apuí que se ergue na mata. Nós o cortamos e descascamos. É com isso que nós amarramos nossas redes, com as embiras de cipó-de-apuí.

Horonamɨ cortou o Tatu. Antes disso não havia linha de pesca. Nossos antepassados não tinham corda de rede. Depois de encontrar o Tatu, depois de esticar suas tripas, depois de destruí-lo, ele o cortou em pedaços.

Foi Tatu quem fez aparecer o machado, pois foi ele quem o fabricou. Ele percebeu que certo tipo de madeira dura parecia um cabo de machado. Assim, o Tatu possuía o único machado. Ele ensinou aos *napë* como fabricar o machado. Então ele não tinha dificuldade em tirar o mel, pois tinha o machado. Ele fez um cabo comprido, depois de quebrar um pau, enfiou e amarrou o machado de pedra em um pau, era um machado de pedra; depois de amarrá-lo, ele partiu um tronco e tomou mel. Os antepassados não tomavam mel, não sabiam tomar. Ele ensinou a tomar

---

1. Era gente, e tinha os hábitos e o corpo semelhantes aos dos Yanomami. Trata-se aqui do tatu-de-rabo-mole-comum (*Cabassous unicinctus*).

mel, ele que existiu primeiro, quando os Yanomami não existiam, quando este inventor não morava entre eles, ele ensinou a tomar mel. Esse tatu se chama *moro*. Horonami o encontrou.

Ku, kõu, kõu, kõu, kõu, kõu!, fazia Tatu, cortando o tronco. Horonami ouviu esse som pela manhã.

— *Ho!* Quem produz esse som, eu quero ver. Dá para ouvir de longe — disse Horonami.

Ele logo foi em direção ao som. O Tatu estava sozinho; o som fazia zoada. Horonami estava indo na direção do som e parou. Tatu derramava o mel *tima*,[2] ele o derramava de uma árvore à qual deu o nome de *roa*.[3] Horonami ficou de pé parado, perto de Tatu, fazendo um som com a boca para chamar sua atenção. Aí fez outro som com a boca, mas Tatu nem olhava, ele cortava sem parar, com as pernas abertas. Naquela época, ninguém chamava o outro de *sogro*. Horonami nos ensinou então a chamar de *sogro*:[4]

— *Hĩĩ*, meu sogro! — disse. — Meu sogro! — disse Horonami com uma voz assustadora.

Quando disse isso, o Tatu parou.

— *Ĩ!* *Õ!* — disse assustado. — *Ĩ!* *Õ!* De quem é essa voz? — O Tatu falava assim. — De quem é essa voz? — ele respondeu, com uma voz que não era normal. Era o seu jeito de falar mesmo.

---

2. Mel de uma abelha de mesmo nome, que faz sua colmeia no oco dos troncos, próximo ao solo.

3. Árvore alta e de madeira dura.

4. Sogro, ou tio. O uso desse termo indica uma relação de respeito. Horonami quer se aproximar de Tatu. Trata-se também de uma observação irônica, pois as mulheres ainda não existem no período em que acontecem as histórias de Horonami, e portanto as relações de aliança — sogro/cunhado — não são uma possibilidade.

Horonamɨ olhou, sorriu.

— Sogro! O que você está comendo? O que é isso? — disse Horonamɨ.

— Não pergunte quem eu sou! — ele disse. — Você sabe quem eu sou! Sou o Tatu! — disse ele. Dizendo isso, ele perguntou:

— Qual é o seu nome? — ele desafiou Horonamɨ a dizer seu nome.

— Ĩi, eu sou Horonamɨ.

Horonamɨ falava com uma voz bem bonita, pois ele era bonito.

— Hĩi, meu filho, eu sou o Tatu.

O Tatu era esbranquiçado. Ele era branco, como os *napë*. Ele o chamou logo.

— O que você está querendo fazer? O que você está cortando?

— Ĩi! Estou comendo assim! Estou comendo isto.

— Eu quero experimentar — disse Horonamɨ. — Quero experimentar um pouco! Posso beber? Que tipo de mel é?

— Não pergunte o que é! É o mel *tima* — disse o Tatu.

A partir desse momento, nós, Yanomami, aprendemos a chamar esse mel de *tima*.

— Lá tem mel *tima*! — ao vê-lo, eu direi assim.

Foi o Tatu que ensinou o nome. Horonamɨ chegou mais perto daquele que estava falando. O Tatu maroto chamou Horonamɨ.

— Vai! Experimente, meu filho! Experimente, meu filho! O buraco da colmeia ficou aberto. Pise nesse buraco e entre nela! — disse.

Era uma armadilha para fazer Horonamɨ entrar no buraco da árvore. Horonamɨ aceitou:

— Hĩii! Será que o buraco tem espaço suficiente? O mel está jorrando, está gotejando mesmo. O buraco da colmeia está em baixo. A colmeia acaba aí. Entre lá dentro! Fique mais em cima, pise para baixo! Eu estou olhando! — disse o Tatu, malicioso.

Quando ele disse isso, Horonami cedeu e entrou logo. Foi logo e entrou, a colmeia fazia barulho, e ele foi até o alto da colmeia. Ficou de pé lá no alto dela. De pé, onde ele entrou, pelo buraco que o Tatu tinha feito. O Tatu fechou o buraco, e não havia outra saída. O Tatu prendeu Horonami lá em cima. Horonami gritava lá dentro. Não tinha como sair. Se Horonami fosse um Yanomami como outro qualquer, ele jamais sairia. Ele gritou e gritou lá de dentro, sofrendo, gritando e chorando. Chorava como criança. O Tatu, que o prendeu, fugiu correndo para longe. Aquele que estava preso por si só fez espocar a árvore. O Tatu já estava longe.

— Ele não vai me seguir — pensou o Tatu, muito seguro de si.

Horonami, com seu pensamento e seu sopro forte, arrebentou a árvore *roa*. Ele ficou de pé e olhou ao redor, mas o feioso que o prendeu não estava mais ali. Horonami ficou sozinho.

— *Hïïï!*

Depois de pular com a explosão, passou pegando a dala e a zarabatana que estavam penduradas. Colocou nas costas.

— *Hïïïïï!* — gemeu. — O que tem o nome de Moro, esse feioso, ele ferrou comigo! — disse, triste.

Horonami não errou de lugar: ele correu logo para onde o Tatu havia ido, e foi rápido, ensinando-nos a correr. Horonami correu na direção do lugar onde havia muitas pedras saídas da terra; ele correu e correu, seguindo os rastros do Tatu, como fazem os cachorros. Daí, Horonami correu dando uma volta, e cortou o caminho do Tatu.

Horonamɨ o encontrou e o Tatu se assustou. Como o Tatu o havia prendido, ele ficou com medo e com raiva por dentro, e tentou agradá-lo, mas não conseguiu suscitar a compaixão de Horonamɨ.

O Tatu apareceu.

— *Taha! Arrá!* — disse Horonamɨ.

Era mesmo o Tatu. Ele espreitava, com a mão sobre a testa, à procura de mel. Olhava passando entre as árvores. Horonamɨ já estava de pé, pegou um atalho e deu uma volta. O Tatu se confundiu na floresta e acabou chegando justo onde estava Horonamɨ. Horonamɨ estava de pé, atrás da árvore, e deu um susto grande nele. Horonamɨ queria cortar aquele que o havia aterrorizado. Ele decidiu levá-lo até um tronco, fingindo que ali havia uma colmeia, para fazê-lo se abaixar. O Tatu pegou o machado.

— *Hɨ!* Meu filho, aqui está! Aqui está! — disse. — *Hõ, hõ, hõ, hõ!* Meu filho! *Hõ, hõ, hõ, hõ!* Venha cá ver! Olhe aqui! Meu filho, aqui está! — disse Horonamɨ.

Horonamɨ dizia isso tentando agradar o Tatu, e ia indo atrás dele.

— *Hɨɨɨ!* Me passa isso que você tem aí no ombro, está afiado mesmo? — disse Horonamɨ, astuto.

A falsa colmeia fazia barulho, e Horonamɨ fez diminuir esse barulho, para que o Tatu abaixasse a cabeça para ver melhor a colmeia. Enquanto o Tatu olhava para a colmeia com a cabeça abaixada, enquanto ele estava nessa posição baixa, ele dizia:

— Aqui está a entrada da colmeia!

Quando o Tatu disse isso, o machado já estava na mão de Horonamɨ e, enquanto o Tatu abaixava a cabeça, Horonamɨ o cortou bem na cintura.

Krihii, kriihii!, fez Horonamɨ, cortando o Tatu para se vingar, pois ele tinha sofrido por causa do Tatu.

— *Ëëëëãã̃aaë*! — gemeu a parte de cima do longo corpo do Tatu.

Apesar de ser só um pedaço, a parte superior correu embora, sofrendo. Do lado de cá ficou a parte inferior; as tripas vinham se esticando e a parte superior ficava rolando. Assim, as tripas foram se esticando até lá, elas não se arrebentaram. A parte superior daquele que Horonami havia cortado, e que ele queria que se tornasse o tatu *moro*, foi lá para cima, até onde estão os espíritos. Foi para lá que fugiu a parte superior do Tatu. Aqui no chão ficou a parte inferior.

Só um pedaço do Tatu chegou aos espíritos. Suas tripas não apodreceram; elas foram até onde se erguem as árvores e subiram nelas. Uma parte das tripas do Tatu se transformou em cipó-de-apuí e outra parte se transformou na embira *xinakotorema*, com a qual, depois dessa transformação, os Yanomami começaram a amarrar as cabeças das redes de cipó. Foi assim.

Apesar de nossos antepassados saberem fazer redes de cipó, eles se deitavam no chão, pois não havia corda. Eles se deitavam no chão — colocavam a rede de cipó no chão para deitar.

Como foi que eles descobriram a rede de cipó? Eles não sabiam descascar o cipó-titica com os dentes, então era assim.[5] Até as moças deitavam no chão. Deitavam uns em cima dos outros, como os cachorros. Sofriam na escuridão. Eles eram assim. Dormiam passando frio. Para que nossos antepassados não passassem mais necessidades, as tripas de Tatu se tornaram cipó-de-apuí que amarra as redes. Foi assim.

---

5. O cipó-titica é usado na fabricação de cestos.

Depois da transformação das tripas, eles passaram a usar o cipó para fazer terçados e machados de pedra, e para amarrar a cabeça das redes, também feitas de um tipo de cipó. Depois, com o passar do tempo, eles teceram cestos. No início eles também não sabiam tecer cestos. Assim foi. Esta história acabou.

Mororiwë

Hɨ Mororiwë Yanomamɨ a kuoma, a rapeoma. Hei a he haa piyërema, Hãxoriwë a wapëa hayurema. Ɨhɨ exi të ha a rii pëprarema? Pëɨxokɨ pëpraɨ rë piyërayonowei. Yanomamɨ pëma kɨnɨ sipara pëma pë õkapë, hãto pëma nahi tana pë tapë, xĩki pë uprahaapë. Xĩki a kuo tëhë pëma a ha hanɨrëni, pëma a kãi hikekeaɨ. Ɨhɨ ani pëma kɨ pëkɨ he õkaopë, xĩki pë kupropë. Mororiwë a pëprarema. Ihiya masitana pë kuonomi. Pëma kɨ nohi patama pëkɨ tana pë kãi kuonomi. Ɨhɨ a he ha harëni, xiki ha hĩrihou xi ha wãria hërɨnɨ, hemata a pëprarema yaro. Mororiwë hãyokoma kama e posi rë pëtarionowei, kamanɨ posi taprarema. Himaro a ha tararɨnɨ, hãyokoma kurenaha e të kuoma. A ukërema, a ha ukërɨnɨ ĩhɨ kama Mororiwëni rë a hãyokoma mahu poma. Napë pë iha të taɨ hirapë. Mororiwë a makui a xĩro no preaanomi. Napë pë iha hãyokoma a tapramapë, a ukërema. Hawë hãyokoma a kure a hĩikema, poo e maro kuoma a kora ha õkakɨnɨ, puu a wama. Kamiyë pëma kɨnɨ puu pëma pë wanomi. Pata të pëni puu pë wanomihe, u pë kãi koaɨ taonomihe. Ɨhɨ tëhë, ĩhɨni puu pë waɨ hirakema, kama a rë kuo xomaonowei, Yanomamɨ të kuo mao tëhë, të puhi rë taowei të përɨo nikereo mao tëhë, ĩhɨnɨ puu pë waɨ rë hirakenowei kë a. Moro pë wãha kua. A he hõra harema:

— *Kou, kou, kou, kou, kou, kou!* — e kuɨ përaoma. Harika a he hõra harema.

— *Ho!* Weti a hõra, ya të mɨɨ ta yaio hërɨ kë? Të hõra karëhou ayaa — a ku hërɨma.

Ɨhamɨ e katitia xoarayoma. A hõra morokotaa tayoa yaro, ai a payeri kuama mai! a hõra karëhoma. E rë huimiiiiii, e uprakema. Hei a tuyëɨ. Tima e tuyëma. Roa iha wãha tapramapë, roa hi ha a tuyëma. E upratarioma. Xoape! Ai të kãi kunomi. Ɨhinɨ të pë xɨɨmou hirakema. E upratarioma. E kahikɨ sukusukumorayoma. A ma tahamore, e mamo xatipraonomi. E paxëpaxëmoma, e rerekeranɨ.

— *Hɨɨ*, xoape! — e kuma — Xoape! — e kuɨ no kirihiwë pëtarioma.

E kuɨ ha, e tɨraprakema:

-*Ɨ! Õ!* — e kuma, a ãtiprario yaro — *Ɨ! Õ!* Weti kë wa wã? — e kuma. Ɨnaha a wã haɨ kuoma. — Weti kë wa wã? — e kunomi.

Ɨhɨ ĩnaha kama a wã rii haɨ kuoma. E mamo xatiprakema. E kahe watetarioma.

— Xoape! Exi wa të waɨ kure? Exi kë të? — e kuma — Õ! Weti kë wa?

— Wetima! — e kuma — Wetima! Mororiwë kë ya! -e kuma — Mororiwë kë ya. Ai weti naha kahë wa wãha kua kure? — e kuma, a wãha kãi yupramarema.

— *Ɨɨɨ!* kamiyë Horonamɨ ya ta kuɨ! — e kuma.

A wã kãi haɨ totihitao he parooma. A riëhëwë yaro.

— *Hɨɨ!* Xei! Kamiyë Mororiwë kë ya! — e kuma.

E pruxixioma. Weti a au nikerea kure? A auoma. Napë pë au rë kurenaha. A nakaa xoarema.

— Weti naha wa të tapë xoapë? Wa të paxaɨ ta kurawë?

— *Ɨ!* Pei ya të waɨ! Pei ya të waɨ!

— Ya të wapaɨ puhia ta kuranɨ — e kuma — Ya të wãisipɨ wapaɨ puhia ta kuranɨ! — e kuma — Ya të u koapë kë! Exi naxomi kë të? — e kuma.

— *Ïï!*, exi të ma! Tima kë a — e kuma.

Ïnaha Yanomami pëma kɨ kuɨ hëopë:

— Kiha tima a kua — ya ha tararɨnɨ, ya kupë.

Ïhɨ të hirama. Të wãha yupraɨ hiraɨ ha. A rë kure e ukukema. A nomohori nakarema. Ïnaha të pë kuaaɨ puhio yaro. Kamiyënɨ pë nomohori ha nakarënɨ, pë no xëa rë kurepɨwei naha, a tapraɨ puhio yaro, a nakarema:

— Pei! Wapëpraayo! Xei, wapëpraayo! Xei! Hei oraora u nanoka pata hëkei kuhe! U nanoka pata ta kakukuprario, hëyëmɨ wahë kɨ ha rukëtarionɨ — e kuma.

A nomohori rukëmapë. E ha kunɨ, e kuɨ ha, e no xi kãi ɨmaonomi.

— *Hïï!* Wa të hi ka yawëtëa ta yairawë! Hei të u pë nia pata weoweo, të u pë nia pata xararawë nohi yaii! Hei u pata koro, hei kë! hëyëmɨ u he pata tatoa kure! A ta rukë taru! Kiha wahë kɨ he ha torehe tarunɨ, ïnaha u pata kakukupɨa taya hërɨ! Ya mamo yëo tëhë! — e xomi kuma.

A kuɨ ha, e rukërayoma. E ihetarioma. E ha ihetarunɨ, Horonamɨ e rukërayoma. E rë kõririmo hërɨɨwei, u he pata tatoopë ha, e upra parihirayoma. Upra paru hurunɨ, hei a rë rukëmare ha, a rë pëpramouweinɨ ta ka komipramarema, ai e te hi ka kuonomi. Kiha a xi wãri parihirayoma. Kohomo hamɨ a kõmɨmaɨ kupoti. A no hapimi yaro. Hei kamiyë Yanomami pëma kɨ rë kurenaha, a rukëi ha kunoha, a no yokëi kõtaopɨ rë mai! A rarɨma, kihamɨ a wã kõhomoketayoma, a rarɨprarou no preoma, a ïkɨma. Ihiru kurenaha a miomiopraoma. Hei a ka rë kõmapramarɨhenɨ, e tokurayoma. A ka komaprarema yaro. Hei a xi rë wãrimakɨhe, kihamɨ e rërërayoma. A pëka rë kahure kama pehi hõra homoprou hërayoma. Prahaa waiki tare:

— Ware a nosi yauaɨ mai tao! — e puhi xomi ha kunɨ.

Kama puhinɨ, kama mixiã kɨnɨ, roa hi pata hëtɨmarema.

— *Hɨɨɨ! Pou!* — a upratarioma. Wãriti tënɨ a ka rë kahupraɨwei, a mɨprarema kuonomi. Yami a hëtarioma.

— *Hɨɨɨ!* — e kuma.

E ha yutupraikunɨ kama ruhu e ma kɨ pesi rë rukëpouwei, ma kɨ pesi hayurema. Të kɨ ha yehitarinɨ:

— *Hɨɨɨɨ!* Pei a wãha yuamou Moroa rë wãritire, a no hore huxuaɨ mata yai tanɨɨɨɨ — a kuɨ he yautarioma.

Yai hamɨ e kãi huɨ mai! Ɨhɨ kama a hu hërɨpë hamɨ e rërëa xoarayoma, e hua xoarayo hërɨma, të pë rërëaɨ hiraɨ ha. Maa pruka ma pë pata ureremopë hamɨ, a xomi ma rërërayonowei, ɨhɨ rë mayo hamɨ e rërëa hërayoma, hiima kurenaha. Kihamɨ a rë rërëre, kihamɨ e xokei tëhë, hei kama a rë kui, a xokei tëhë, mɨ yapaɨ tëhë, hëyëha a mɨ heturema, Mororiwë e kirirarioma. A ka kahuprarema yaro, e kirirarioma, a asimoma, a wã xomi hirama, a nohi no ohotaamopɨma mai! E pëtarioma

— *Taha!* — e kuma.

No yaipɨmi. E huko si yohoa taroma, puu na pë mɨɨ ha. Hii hi pë koro hamɨ e kuapraroma. Hei a ma upraa waikire ha. Hëyëmɨ a he rii tiheriprou, kihamɨ a xomi rë xokeprora kiri, a nohi rë mohotuaimi, hei te hi kɨ mɨɨ rë katitirayoi ha, a upraoma. Hëyëmɨ a ayõriprou, a upraoma. E mɨ yami kerayoma. Ɨɨha a rë kirimare, ɨ̃ha rë a pëprarema. Hei a rë ruruare, hëyëha e nakɨ pëka tamakema, e kuami makui, a ruruapë, kama mohe potamapë. Hãyokoma e yurema.

— *Hɨ!*, xei, hei kë a, hëyëha a kua kure — e kuma. — *Hõ, hõ, hõ, hõ*, xëtëwë të wai, *hõ, hõ, hõ*, hëyëha kë të ta mɨpra ayo, xei, hei kë — e kuma.

A xomi yokomama. Ɨhɨ a ma kuɨ tëhë, e ayõprarioma.

— Hĩhɨ, mihi të ta hiprao! Wa të rë rukëpore të namo? Të namowë, namo kë të! — e kuɨ topraroma.

Hëyëha e nakɨ makuonowei makui, e nakɨ ã mɨ wëtëa piyëmakema. E nakɨ mɨmapë. Ɨnaha e nakɨ mɨɨ ha, e kutou tëhë:

— Hëyëha hei të ka wai — e kutou tëhë, ĩhɨ e rë yure, mohe potou tëhë, pei pëɨxokɨ yai ha a pahetiprarema:

— *Krihii, kriihiii!* — kama a no yuo ha, kamanɨ a no preaamaɨ tikooma yaro.

— *Ëëëãããããë!* — oraora e kuma, a ma hematai, hëyëmɨ a no preaa hërɨma.

Kihi korokoro a rë praa hërati hamɨ xikɨ hĩrihou hëoimama, oraora a rë yapuro hërɨɨwei, yapuro hërɨɨ, yapuro hërɨɨ, yapuro hërɨɨ, ɨnaha xikɨ hĩrihou kurakiri, xikɨ hëtɨnomi, kama a rë pëprarɨhe, oraora a rë kui.

A Mororiwë praɨɨ puhiopë yaro, hekura pë ihamɨ, a ora hurayoma. Ɨhamɨ a ora tokurayoma. Kiha korokoro a prao hëoma. Ɨhɨ Mororiwë a waropë hemata. Ɨhɨ xikɨ rë kui, xikɨ kãi tarei maopë, hii hi kuopë hamɨ, xĩkɨ kãi tua xoape hërɨma, xĩkɨ a kuprarioma. Ai xikɨ xĩkɨ kuketayoma. Kihamɨ ai xikɨ katɨrayo hërɨma. Kihamɨ xinakotorema a kuprarioma, ĩhɨ xi pë hamɨ. Ɨnaha xi pë rii ha kurarunɨ, të pë pëkɨ he õkaoma, hapa. Ɨnaha a taprarema.

Hapa të pë pëkɨ tao makui, pei të pë praoma. Tona kɨ kuami yaro. Të pë praoma, të pë përɨapë hamɨ, të pë pakohepramoma.

Ɨhɨ weti ha pëkɨpëkɨ a ha tararɨheni? Të pë mohoti yaro, hei masi pë makui, too toto pë makui, të pë kãi waxaɨ taonomihe. Ɨnaha të kuoma. Kuwë yaro, të pë moko makui të pë praoma. Hiima pororoo kurenaha të pë kupramoma, të pë kuaama. Ruwëri kë të pë no preaaɨ kure. Ɨnaha të pë kuoma. Sãihiri, të pë prapramoma, ĩnaha. Ɨnaha të kuoma. Kamiyë pëma kɨ no patama hõriprou maopë ĩhɨ Mororiwë xikɨ xikiprarioma.

Ɨhɨ xikɨ ha kuprarunɨ, sipara pë, poomaro pë wai hi-imamahe, të pë pëkɨ he kãi õkaoma, të pë opi puhi ha taorɨnɨ, yorehi si pë kãi tiyëmahe, wɨɨ pë kãi tiyëɨ taono-mihe, hapa. Ɨnaha të pë kuaama. Ɨhɨ ei të ã rë kui, të ã makema.

O surgimento da banana

A HISTÓRIA da banana-pacovã. No início era assim. Nossos antepassados surgiram e não sabiam plantar bananas. Não fosse por isso, não haveria essas bananeiras. Não teria aparecido esse tipo de banana.

Como pensou e agiu aquele que fez surgir a banana, depois de morar e se estabelecer? Geralmente a gente vai à mata e encontra um lugar como se alguém tivesse roçado, um lugar queimado e limpo, bem no meio da selva. A gente chama esse lugar de *queimado do Fantasma*. Nesse tipo de lugar se encontra um telhado de palha, como aquele que nós costumamos tecer.

Embora ninguém tenha dito ao Fantasma, "teça as palhas assim!", ele as teceu, apesar de ninguém ter ensinado para ele. Depois de Horonami ver o queimado, ele encontrou o Fantasma, dono do queimado, que morava ali. Nesse tipo de lugar, erguem-se os pés de sororoca, que são semelhantes às bananeiras, mas não dão banana.

O surgimento das bananeiras, não foi porque o Fantasma cortou, queimou e roçou a sororoca. Ele não as plantou. Elas simplesmente surgiram no dia seguinte.

Proto! Pauximɨ! Proto! Rokomɨ! Proto! Monarimɨ! Proto! Pakatarimɨ! Proto! Nakoaximɨ! Rokoya! Rokoroko! Roorewë!

Estas bananeiras e sororocas simplesmente saíram delas mesmas. Dois dias depois, o Fantasma voltou ao lugar onde havia queimado as sororocas e viu que tinha nascido também batata-doce. Não foi em outros *xapono* que ele pegou. Lá onde Fantasma tinha seus alimentos, onde havia as bananeiras, as sororocas se transformaram em bananas-pacovãs e a batata-doce surgiu. Ali também dava cará, ária, pimenta e o mamoeiro. Foi o Fantasma que fez aparecer as bananeiras. Elas vêm do Fantasma.

Por que ele as fez aparecer? Porque ele tinha um filho, que ele tinha de alimentar.

Ao ouvir a voz do filho do Fantasma, Horonami descobriu a sua moradia e pegou com ele umas mudas de bananeira.

O Fantasma não tinha outros parentes. Ele mostrou aos Yanomami que é possível ter somente um filho. Ele fez apenas um filho, apesar de sua esposa ser moça. Agora ele não é mais pajé, como foi em vida.

Aquele que vinha, Horonami, encontrou as bananeiras e pediu mudas ao Fantasma. Quando não existiam nem roças, nem Yanomami, depois de Horonami pegar as bananeiras, ao chegar ao seu *xapono*, ele deu nomes a elas, deixando com isso o ensinamento de como plantar as bananeiras. Ele as pegou para nós as termos. Até hoje existem as bananas de diferentes variedades: *rokomi, nakoaximi, rokoya, pauximi, monarimi, pakatarimi*. Assim foi.

Nossos antepassados e os antepassados dos *napë* não comeram banana desde o início. Hoje, tanto os *napë* quanto os Yanomami plantam bananas, a partir do ensinamento de Horonami.

COMO OS NAPË DESCOBRIRAM A BANANA

Como aconteceu a descoberta da banana pelos *napë*? Qual foi o Yanomami que levou as bananeiras aos *napë*? Ninguém levou as mudas de bananeira aos *napë*. Uma moça estava reclusa.[1] A água saiu e as roças afundaram. Essa água levou a mulher e por onde a levou, levou também as bananeiras afundadas, até aonde os *napë* vivem; foi o rio que levou as bananeiras para que eles, os *napë*, as descobrissem. O rio desejava a mulher menstruada porque ela era bonita. No que ela se tornou? O rio a levou porque a desejava. Da mulher menstruada que as águas levaram, sua imagem se espalhou nos rios. Multiplicou-se a partir dela mesma. Foi a água que a pegou. O rio disse:

— Meu sogro, quero uma mulher! Me dê a sua filha!

O rio entrou, perseguindo a mulher. O rio entrou rápido. Olha só a água! Ela entrava por trás das casas, apesar de a terra ser alta.

— *Prako! Prako!* — dizia o grande rio.

O pai mandou pintar a filha, nessa hora ele a pintou, seu irmão a pintou. O pai mandou seu filho pintá-la. Ele estava com muito medo de se afogar na água, que vinha ameaçadora, se mexendo como em plena tempestade. A água se mexia com grandes banzeiros, nos quais a mulher pintada foi jogada, apesar da sua beleza. Seu pai a fez afundar. O rio levou a sua filha, e não a devolveu. Ela não se afogou, e o rio a levou como sua esposa.

---

1. Quando a menina yanomami tem sua primeira menstruação, ela fica em reclusão por um período entre uma semana e dez dias, dentro de um pequeno cômodo feito de folhas de açaí no *xapono*. Essa reclusão a protege do assédio de espíritos num momento em que ela fica em evidência. Aqui a moça atrai o interesse do rio, que a carrega para fora do *xapono* para se casar com ela.

— Eu, apesar de ser água, farei dela a mãe d'água! Eu vou pegá-la — disse o rio.

Por isso, esta Yanomami se tornará a mãe do rio. O rio se retirou. Depois de pintarem seu rosto com desenhos bonitos, colocaram penas de cauda de papagaio nas suas orelhas. Feito isso, as folhas de açaizeiro da reclusão foram removidas e a água entrou. O *xapono* dele era como os nossos.

— Mãe! Mãe! Pinte minha irmã! Enfeite-a! Enfeite-a depressa! — disse o irmão da moça.[2]

— Essa ideia dói muito, meu filho, mas não tem jeito, entregue mesmo tua irmã!

Apesar de ser o rio, assim falou o pai. Ele mandou entregar a filha. Foi assim que ele disse. Existe um canto sobre a mulher levada pelo rio, há um canto sobre ela:

> *Xiri tõi!*
> *Xiri tõi,*
> *Xiri tõiwë,*
> *Xiri tõi,*
> *Xiri tõi,*
> *Xiri tõi,*
> *Xiri tõiwë!*

Ela cantou. Quando ela pronunciou o nome de seu marido, o rio respondeu:

— *Tuuuuuuuuuuuu!*

— *Xiri tõi! Xiri tõi! Xiri tõi!* — cantou o pai.

---

2. A moça enfeitada normalmente seria entregue a um marido humano, não a um marido rio.

Ele falou assim, cantou assim e, quando parou de cantar, o *xapono* quase caiu, levado pelo rio. O irmão a pegou para jogá-la, apesar de ela estar chorando. Ela chorava, por causa do seu irmão:

— *Ïiaaaïi*! Meu irmão! Meu irmão! Não fique triste! Meu pai! Meu pai! Não fique triste! Minha mãe! Minha mãe! Não fique triste!

Enquanto ela chorava assim, o irmão a pegou.

— *Hïi! Kopou*!, ele a jogou de cabeça.

Fazendo assim, a água a pegou e logo a levou. O rio cheio já estava esperando. Quando o rio se retirou, revelou uma grande extensão de terra.

— *Puuu!* — disse o rio.

Foi assim, o rio desceu de uma vez só.

— *Aëëë!* — ela disse.

A mulher se tornou boto, aquele que boia na superfície da água, pois a jogaram na água quando ela estava menstruada; ela estava de reclusão, a vagina dela estava ainda sangrando. Por isso se tornou a mãe d'água. A imagem dela se espalhou e ocupou todos os rios. Aquelas bananeiras *rokoroko* que a água levou, bem como as pacovãs, se multiplicaram na terra dos *napë*. Assim foi, as bananeiras se multiplicaram.

Pore

H APA, ĩnaha të ã kua. Kamiyë pëma kɨ no patama rë
pëtore hamɨ, kurata si keaɨ taonomihe. Ɨhɨ të mao
ha kë kunoha, kihi të si kɨ kuami. Ɨnaha kuwë të si no
pëtopɨrë mai!

Ɨhɨ weti naha të ha taprarɨnɨ, kama a përɨopë ha, a
përɨtopë ha, weti naha a puhi ha kutarunɨ, kurata si kɨ
kupropë të tama? Urihi pë kãi ma rë humouwei, kihamɨ
wa huɨ, poreĩxinoripɨ kama hawë ai të hikarimoma, të
ĩxino wararawë praa, praa hõkoa. Ɨnaha të rë kuawei
ha hei kurenaha kamanɨ ĩhɨ hei kurenaha pëma hena pë
tiyëpë. Kama Pore a rë përɨonowei, ĩhɨ heinaha tiyëwa e
henakɨ kuoma. Hei kurenaha:

Ɨnaha henakɨ ta tiyëprarɨ! A noã tamoimi makui, ĩhɨnɨ
henakɨ kãi tiyëwa kuoma, hei yãa kurenaha. A hiramo-
nomi makui. Ɨhɨ a rë përɨre ha, a rë përɨonowei ha, ĩxino
kama e të ha tararɨnɨ, Pore kama ĩxinoripɨ he harayoma.
Ɨhɨ të pë kuopë ha, hawë kurata si pë rë kure, të pë tuku
ma rë xɨrikɨi, mokohe mo si pë rë kui. Ɨhɨ mo si kɨ a rë
kuprarionowei, kurata si kɨ.

Porenɨ kama ĩxinoripɨ ha këarunɨ, kama poo enɨ, të pë
ha pëarɨnɨ, ĩxino ha pëarunɨ, të ha ĩximarɨnɨ, ĩhɨ mokohe
mosi kɨ ma kuonowei, kamanɨ a keanomi. Mokohe mosi
pë kuopë ha, tuku uprahaopë ha, të pëkema. Pëarɨnɨ, të
ĩximarema, ai të henaha, ai të henaha, kurata si kɨ.

*Proto! Pauximɨ! Proto! Rokomɨ! Prohto! Monarimɨ!
Proto! Pakatarimɨ! Proto! Nakoaximɨ! Rokoya!*

Kama rokoroko e kɨ, roorewë, kama e xĩro harayoma. Ɨhɨ mokohe mosi pë ĩximapë ha, ai të henaha, ai të henaha, të mɨɨ mɨ ayoma. Hukomo ĩha e kãi homoprarioma. Ai të yahi ha, ai të yahi ha, a ha yahirɨnɨ, a ha yurënɨ, a yuanomi. Ɨha kama Pore ni pëtopë ha, kurata e si kɨ kupropë ha, mokohe e mosi kɨ kuratapropë ha, hukomo e pëtarioma. Ɨhamɨ e kau homoprarioma. Ãhëãkɨ ĩharë, kumawë ma kɨ ĩharë, prãki ãsi kɨ ĩharë, ĩnaha të pë kuprarioma. Xamakoro e kãi kaurayoma. Ɨharë ĩhɨ Porenɨ kurata si kɨ rë pëtamarenowei kurata si kɨ.

Pore ihamɨ si kɨ, ĩhɨ exi të ha e si kɨ pëtarioma? Ihirupɨ e mahu kua yaro. Suwë e kuamɨ makui, wãro, ĩnaha e kuoma. Ihirupɨ e kua yaro, kurata si kɨ pëtamarema, mokohe mosi kɨ kuratraprarioma.

Ɨhɨ Pore a rë kuinɨ si kɨ, ĩhɨ iha si kɨ kararu piyërema, Horonamɨnɨ, a he ha harënɨ. A përia ha tararɨnɨ, ihirupɨ a wã he ha harënɨ, ihirupɨ mahu e të wai kuoma. Payeri kuonomi, suwë pë yaɨ ai yaɨ e kuonomi. Yanomamɨ të pë xapopɨpropë, të pë xapopɨ hiraɨ ha. Mahu e të wai takema, moko makui. Hei tëhë, a rë kuonowei naha, a hekura kuwëmi.

Hëyëmɨ e ha kuaaimanɨ, hëyëha a he harema, a he hareyoruma. Ɨhɨ heinɨ a he rë haarënɨ, kurata si kɨ kararu nakarema, Pore iha. Yanomamɨ të pë hikaripɨ mao tëhë, të pë përɨo mao tëhë, ĩhɨ iha si kɨ ha yurënɨ, të pë ha hirakɨnɨ, kama e të pë ha hirakionɨ, a kõopë ha, të pë noã ha tarɨnɨ, ĩhɨ kurata si kɨ kãi wãha ha yuprarɨnɨ, si kararu kearemahe. Ɨhɨ pëma a piyëmaɨ puhio yaro, si kɨ yurema. Kihamɨ si kɨ rë pëtono rë kure hami, ai ĩha si kɨ kua xoaa: rokomɨ, nakoaximɨ, rokoya, pauximɨ, si pë kua xoaa. Ɨnaha të kuprarioma.

Hei kamiyë pëma kɨnɨ no patama rë kui, pëma kɨ napë pë no patamapɨ rë kuinɨ kurata a waɨ haɨonomihe. A wanomihe. Napë pë no patama maa xoaa yaro. Kuami yaro. Ɨnaha të kuoma. Ɨhɨ weti iha kurata si kɨ rë yurehe, si kɨ rë pararayonowei, weti a wãha hapa kua? Pore a yaia. Pore hesiopɨ xo kɨ përipɨoma. Porakapɨ. Kutaenɨ ĩhɨ iha a rë pararayonowei kurata, napë pënɨ kurata a kãi taɨhe.

Ɨhɨ weti naha si kɨ yua ha tarë hërɨnɨ, weti Yanomamɨ tënɨ si kɨ ha yurë hërɨnɨ, napë pë ihamɨ si kɨ he haapehe, si kɨ kurayo hërɨma? Ai tënɨ si kɨ yuanomi. Suwë a ha yɨpɨmorɨnɨ, a pesi prakema. Suwë a rë yɨpɨmore hamɨ, mau unɨ suwë a ha puhinɨ, a riëhëwë yaro, ĩhɨ exi të kuprarioma? Suwë pë rë kui, exi të pë të kupropë? A yure hërɨma, a no ha puhiarɨnɨ. Hei a suwë yɨpɨmono rë yurenowei, a no uhutipɨ pata u hamɨ a kurarioma. Pruka a kuprarioma. Pei a yai. Kama unɨ.

— Suwë ya puhii! Xoape, tëëhë a ta hio! — u pata ha kunɨ, kama u pata harayoma.

U pata haɨ nosi yauama. U pata haɨ xoatarioma. Kihi u pata, kiha të pata ma tirere, kihi xĩka hamɨ të mɨ pata tëaaɨ he yatia.

— *Prako! Prako!* — u pata kuma.

Ɨhɨ tëhë hei pë tëë a rë kui a yãprarema, heinaxomi naha, të rë kurenaha, hei kurenaha, a yãprama, heparapɨnɨ. Pë hɨɨnɨ e noã waxukema. Kama a mixi no tukepɨ ha, mau unɨ a napë kuyëpraimaɨ yaro, yari a huɨ tëhë, u pë pata rë kuaaɨwei naha, u pata kuaama. Hawë pë të u pata hoyahoyamaɨhe, të u pata kuaaɨ ha, yãprano a kemaparema, a riëhëwë makui. Ɨha pë hɨɨ e kepema. Pë tëë a rë kui ĩhɨ unɨ e yure hërɨma. Kõamaɨ kõanomi. A mixi kãi tuamanomi. Mau unɨ a yure herɨma, hesiopɨ.

— Hei mau ya u rë kui, ya u nɨɨpɨ kupropë, ya yurei kuhe — e u kuma.

Kuwë yaro pë nɨɨ e u kua, Yanomamɨ. U pata harayoma. A ha yãprarɨnɨ, werehi e texinakɨ kãi huukema. A mɨ

kãi yãakema, riëhëwë a oni taprarema, wãima e henakɨ
hoyaremahe, hoyaɨ tëhë e u pata hama, hei ipa xapono
kurenaha e kuoma.

— Nape! Nape! Nakami a ta yãprarɨxë! A ta pauxi-
prarɨxë! A ta pauxiprai haɨro!

— Pëhë kɨ puhi kuaaɨ përai kë, xei, kuopëtao kë yaɨ
wanɨ a ta hipëkɨxë! — mau u makui ha, pë hɨɨ e kuma.
E hipëamaɨ puhima. Kama nomahẽa. Ɨnaha e kuma. A
amoa kua, mau unɨ a rë yure herɨnowei:

> *Xiri tõi!*
> *Xiri tõi,*
> *Xiri tõiwë,*
> *Xiri tõi,*
> *Xiri tõi,*
> *Xiri tõi,*
> *Xiri tõiwë!*

E kurayoma. Ɨhɨ kama hẽaropɨ u wãha yuai ha:
— *Tuuuuuuuuu!* — a wã hurema, mau unɨ. Ɨhɨ pë hɨɨ:
— *Xiri tõi! Xiri tõi! Xiri tõi!* — pë hɨɨ e kuma.

Kuɨ tëhë, ĩhɨ ei rë e të rë takɨhe ha, e të huhe taɨ tëhë,
a pehi kãi mori raɨa hërɨɨ tëhë, pë yainɨ a xëyëparema, a
hurihia nokarema, e mɨa no preo makui. E ĩkɨma, pë yaɨ
a mɨa no poma.

— *Ɨaaaɨi!* Apawë, apawë kuo pëtao! Hapemi, hapemi,
kuo pëtao! Napemi, napemi kuo pëtao! — e kuma.

A ma kuɨ tëhë, a hurihia he yatirema.
— *Hɨɨ Kopou!* — a ëpëtarema.

A xëyëa ëpëparema. Kuaaɨ tëhë, a nokare herɨma. Ɨhɨ
a no tapomaɨ yaro, u rë õkimohe, u õki rërëɨ makuimi.
Hĩɨɨ! Urihi a pata! Puuuu! U pata kuma. Heinaha të pata
kutario hërɨma.

— *Aëëë!* — suwë a kutario hërɨma.

Ɨhɨ a rë potuprarionowei, ĩhɨ rë pë pokëkou, yɨpɨ a kemaparema yaro. A pesi praoma yaro, naka ĩyëo xoaoma, ĩyëĩyë hëyëmɨ e yõu xoawë yaro a kemaparema. Kutaenɨ hei mau u nɨɨpɨ kuprarioma. Kama a no uhutipɨ, pë huokema, pë xerereokema. Mau u kɨ haikirema. Ɨhɨ tëhë rokoroko si pë pata rë yure herɨnowei, kurata ai pë pehi pata rë yure herɨnowei, pë pararayoma, napë pë urihipɨ hamɨ! Ɨnaha të kuprarioma, paraomopotayoma.

A anta que andava
nas árvores

Foi Horonami quem perguntou os nomes dos animais. Horonami encheu a floresta de animais. Horonami encontrou a anta Xamari, que andava como Yanomami. Ela andava nos galhos baixos, vindo em sua direção.

— *Hukru! Hukru! Prããão!* — ela fez ao cair.

Ela andava nas árvores como os cuatás. Afinal, ele encontrou a anta andando nas árvores. Felizmente, ele fez com que ela descesse, para que nós pudéssemos comê-la.

É sempre um acontecimento quando matamos uma anta para comê-la!

A anta não andava no chão: andava nas árvores de uma espécie nativa de louro, atravessando os galhos e comendo as frutas maduras. Horonami fez quebrar o galho para que a anta caísse. Depois de cair, ela se acostumou a andar no chão.

A anta chegou ao *xapono* dos esquilos, mas lá não deu certo, então ela foi para a mata. Os esquilos se juntaram quando a anta ainda era Yanomami, e a chamaram. Queriam saber quanto ela aguentava comer.

Os esquilos viviam como Yanomami: moravam em um *xapono* no alto das árvores e faziam festas como nós, embora eles fossem se tornar animais. Um dia, eles chamaram as cutias, os caititus, as queixadas, as antas, os papagaios e as maitacas. Havia muita comida, mas os convidados não conseguiram comer tudo. Até a anta também desistiu de comer, pois pressentiam que algo ia acontecer.

De repente, todos eles se transformaram em animais.

As queixadas também eram Yanomami. Os cipós se arrebentaram e elas caíram. Foi lá, na região do *xapono* dos esquilos onde não conseguiram comer, pois estavam prestes a se transformar. Não havia nenhuma queixada antes de eles se transformarem. Nessas regiões, não havia queixada. Subiram até o alto, subiram, estavam subindo até a ponta do cipó. Lá, o cipó arrebentou no meio. Queixada! Se isso não tivesse acontecido, lá naquela floresta, hoje as queixadas andariam nas árvores.

A anta foi quem caiu primeiro e passou a andar no chão, tornando-se um animal terrestre. Em seguida, o cipó das queixadas arrebentou. Outros Yanomami, que ficaram na parte superior do cipó se transformaram em macacos cuatás. Assim foi.

As queixadas ocuparam toda a floresta. Elas desceram rio abaixo. Horonamɨ conseguiu assim fazer a anta descer ao chão, e hoje nós as comemos. Assim que foi. Não havia animais no início, pois eles viviam espalhados, como os Yanomami, em vários *xapono*.

Yãukuakua! *Yãukuakua*! Ninguém fazia assim. É assim mesmo. Esse grande animal que anda no chão, quando estamos famintos de carne, nós a comemos, ela anda mesmo no chão. Nós a comemos.

Xama a rë ɨmɨnowei

Hɨnɨ xĩro yaro a rë warireni, ĩhɨnɨ urihi a no yaropɨ kãi tapramarema.

Xama a makui, a he kãi harema, Xamari Yanomamɨ a huma. Kihamɨ yahatoto hamɨ a imɨma, kiha të pë pata imɨɨ:

— *Hukru! Hukru! Prãaão!* — a pata ha prërënɨ, a pata kuma.

Paxo kurenaha xama a imɨma. A imɨɨ he haa piyërema, hore kunomai, a kea piyëmarema a horehewë tikowë yaro, xama, kamiyë pëma kɨnɨ pëma pë wapë.

Yakumɨ pë ha niaprahenɨ pëma pë wapë. Kahu kɨ hamɨ a pata ha imɨrɨ hërɨnɨ, a pata ha piyëikunɨ, tatetate kɨ wapë. Ɨnaha xama pita hamɨ a hunomi, hapa. Ɨmɨrewë kë a kuoma. Ɨhɨ a rë imɨre, a pata ha kerɨnɨ, pita hamɨ a hua xoarayoma. A hua hexipaa xoarayoma.

Wayapaxiri pë iha a waroo xi ha wãrianɨ, urihi hamɨ a hurayoma. Ɨha a kerayoma, a pehi ha këprarunɨ. Ɨhɨ kõmi të pë ha kõkaprarunɨ, Xamari a Yanomamɨ kuo tëhë, a nakaremahe. A wausi wapapehe, Wayapaxiri pënɨ.

Yanomamɨ pë hiraoma, xapono kurenaha pruka pë hiraoma, pë reahumoma. Yaro pë kuoma makui, pë kãi reahumoma. Wayapaxi pë rë kui, tomɨ, poxe, warë, xama, werehi, ãrima pë nakaa hɨtɨtɨrema. Makui, Wayapaxi pë ni haikianomihe. Xama a makui, a kãi tɨraa no prekema.

73

Iha pë xi rii wãrihou xoaoma. Warë Yanomamɨ pë kuoma. Iha pë pehi kãi hëtɨmarema. Iharë Wayapaxiri pë iha pë iaɨ xi wãriama, warë a hunomi. Hei pë urihi hamɨ warë pë hunomi. Ihɨ kihamɨ horehe hamɨ warë pë mori ɨmɨma, hɨtɨtɨwë. ?hete hei pë ora pata rë tuore, të pë pata ɨmɨɨ, ora pata kuaa hërɨɨ, hërɨɨ, hërɨɨ, kihi tokori pë rë kurati naha, kiha pë pehi pata hëtɨrayoma. Warë!

Xama xoma hamɨ a kerayoma, pita hamɨ a huɨ waikio tëhë, a pitamou waikio tëhë, ĩhɨ të nosi yau hamɨ warë pë pehi rë hëtɨre, paxo ai pë hurayoma. Oraora paxo kë pë. Inaha pë kuprarioma.

Warë pë rë kui, hei pë pata rë hëtɨre, urihi a rë kui a haikiprarioma. Hei pei pë koro yai rë kui pata u koro rë kure hamɨ pë pehi pata nihõroye hërɨma. Hei pëma pë wapë. Inaha të kuprarioma. Yaro a hunomi, hapa, pë përɨhɨwë yaro, Yanomamɨ kurenaha të pë xaponopɨ kuprawë yaro, pë hunomi.

— *Yãukuakua! Yãukuakua!* — ai të pë kãi kunomi. Inaha të yai kua. Ihɨ a pata rë hure, a ha pitaprasunɨ, kamiyë pëma kɨ naikii, a wamopë a pitapramaɨ he yatirayoma. Pëma a wapë.

COLEÇÃO «HEDRA EDIÇÕES»

1. *A metamorfose*, Kafka
2. *O príncipe*, Maquiavel
3. *Jazz rural*, Mário de Andrade
4. *O chamado de Cthulhu*, H. P. Lovecraft
5. *Ludwig Feuerbach e o fim da filosofia clássica alemã*, Friederich Engels
6. *Hino a Afrodite e outros poemas*, Safo de Lesbos
7. *Præterita*, John Ruskin
8. *Manifesto comunista*, Marx e Engels
9. *Rashômon e outros contos*, Akutagawa
10. *Memórias do subsolo*, Dostoiévski
11. *Teogonia*, Hesíodo
12. *Trabalhos e dias*, Hesíodo
13. *O contador de histórias e outros textos*, Walter Benjamin
14. *Diário parisiense e outros escritos*, Walter Benjamin
15. *Don Juan*, Molière
16. *Contos indianos*, Mallarmé
17. *Triunfos*, Petrarca
18. *O retrato de Dorian Gray*, Wilde
19. *A história trágica do Doutor Fausto*, Marlowe
20. *Os sofrimentos do jovem Werther*, Goethe
21. *Dos novos sistemas na arte*, Maliévitch
22. *Metamorfoses*, Ovídio
23. *Micromegas e outros contos*, Voltaire
24. *O sobrinho de Rameau*, Diderot
25. *Carta sobre a tolerância*, Locke
26. *Discursos ímpios*, Sade
27. *Dao De Jing*, Lao Zi
28. *O fim do ciúme e outros contos*, Proust
29. *Pequenos poemas em prosa*, Baudelaire
30. *Fé e saber*, Hegel
31. *Joana d'Arc*, Michelet
32. *Livro dos mandamentos: 248 preceitos positivos*, Maimônides
33. *Eu acuso!*, Zola | *O processo do capitão Dreyfus*, Rui Barbosa
34. *Apologia de Galileu*, Campanella
35. *Sobre verdade e mentira*, Nietzsche
36. *Poemas*, Byron
37. *Sonetos*, Shakespeare
38. *A vida é sonho*, Calderón
39. *Sagas*, Strindberg
40. *O mundo ou tratado da luz*, Descartes
41. *Fábula de Polifemo e Galateia e outros poemas*, Góngora
42. *A vênus das peles*, Sacher-Masoch
43. *Escritos sobre arte*, Baudelaire
44. *Cântico dos cânticos*, [Salomão]
45. *Americanismo e fordismo*, Gramsci
46. *Balada dos enforcados e outros poemas*, Villon
47. *Sátiras, fábulas, aforismos e profecias*, Da Vinci
48. *O cego e outros contos*, D.H. Lawrence
49. *Imitação de Cristo*, Tomás de Kempis
50. *O casamento do Céu e do Inferno*, Blake
51. *Flossie, a Vênus de quinze anos*, [Swinburne]
52. *Teleny, ou o reverso da medalha*, [Wilde et al.]
53. *A filosofia na era trágica dos gregos*, Nietzsche
54. *No coração das trevas*, Conrad

55. *Viagem sentimental*, Sterne
56. *Arcana Cœlestia* e *Apocalipsis revelata*, Swedenborg
57. *Saga dos Volsungos*, Anônimo do séc. XIII
58. *Um anarquista e outros contos*, Conrad
59. *A monadologia e outros textos*, Leibniz
60. *Cultura estética e liberdade*, Schiller
61. *Poesia basca: das origens à Guerra Civil*
62. *Poesia catalã: das origens à Guerra Civil*
63. *Poesia espanhola: das origens à Guerra Civil*
64. *Poesia galega: das origens à Guerra Civil*
65. *O pequeno Zacarias, chamado Cinábrio*, E.T.A. Hoffmann
66. *Um gato indiscreto e outros contos*, Saki
67. *Viagem em volta do meu quarto*, Xavier de Maistre
68. *Hawthorne e seus musgos*, Melville
69. *Ode ao Vento Oeste e outros poemas*, Shelley
70. *Feitiço de amor e outros contos*, Ludwig Tieck
71. *O corno de si próprio e outros contos*, Sade
72. *Investigação sobre o entendimento humano*, Hume
73. *Sobre os sonhos e outros diálogos*, Borges | Osvaldo Ferrari
74. *Sobre a filosofia e outros diálogos*, Borges | Osvaldo Ferrari
75. *Sobre a amizade e outros diálogos*, Borges | Osvaldo Ferrari
76. *A voz dos botequins e outros poemas*, Verlaine
77. *Gente de Hemsö*, Strindberg
78. *Senhorita Júlia e outras peças*, Strindberg
79. *Correspondência*, Goethe | Schiller
80. *Poemas da cabana montanhesa*, Saigyō
81. *Autobiografia de uma pulga*, [Stanislas de Rhodes]
82. *A volta do parafuso*, Henry James
83. *Ode sobre a melancolia e outros poemas*, Keats
84. *Carmilla — A vampira de Karnstein*, Sheridan Le Fanu
85. *Pensamento político de Maquiavel*, Fichte
86. *Inferno*, Strindberg
87. *Contos clássicos de vampiro*, Byron, Stoker e outros
88. *O primeiro Hamlet*, Shakespeare
89. *Noites egípcias e outros contos*, Púchkin
90. *Jerusalém*, Blake
91. *As bacantes*, Eurípides
92. *Emília Galotti*, Lessing
93. *Viagem aos Estados Unidos*, Tocqueville
94. *Émile e Sophie ou os solitários*, Rousseau
95. *A fábrica de robôs*, Karel Tchápek
96. *Sobre a filosofia e seu método — Parerga e paralipomena (v. II, t. I)*, Schopenhauer
97. *O novo Epicuro: as delícias do sexo*, Edward Sellon
98. *Sobre a liberdade*, Mill
99. *A velha Izerguil e outros contos*, Górki
100. *Pequeno-burgueses*, Górki
101. *Primeiro livro dos Amores*, Ovídio
102. *Educação e sociologia*, Durkheim
103. *A nostálgica e outros contos*, Papadiamántis
104. *Lisístrata*, Aristófanes
105. *A cruzada das crianças/ Vidas imaginárias*, Marcel Schwob
106. *O livro de Monelle*, Marcel Schwob
107. *A última folha e outros contos*, O. Henry
108. *Romanceiro cigano*, Lorca
109. *Sobre o riso e a loucura*, [Hipócrates]
110. *Ernestine ou o nascimento do amor*, Stendhal
111. *Odisseia*, Homero

112. *O estranho caso do Dr. Jekyll e Mr. Hyde*, Stevenson
113. *Sobre a ética — Parerga e paralipomena (v. ii, t. ii)*, Schopenhauer
114. *Contos de amor, de loucura e de morte*, Horacio Quiroga
115. *A arte da guerra*, Maquiavel
116. *Elogio da loucura*, Erasmo de Rotterdam
117. *Oliver Twist*, Charles Dickens
118. *O ladrão honesto e outros contos*, Dostoiévski
119. *Sobre a utilidade e a desvantagem da história para a vida*, Nietzsche
120. *Édipo Rei*, Sófocles
121. *Fedro*, Platão
122. *A conjuração de Catilina*, Salústio
123. *Escritos sobre literatura*, Sigmund Freud
124. *O destino do erudito*, Fichte
125. *Diários de Adão e Eva*, Mark Twain
126. *Diário de um escritor (1873)*, Dostoiévski
127. *Perversão: a forma erótica do ódio*, Stoller
128. *Explosao: romance da etnologia*, Hubert Fichte

COLEÇÃO «METABIBLIOTECA»

1. *O desertor*, Silva Alvarenga
2. *Tratado descritivo do Brasil em 1587*, Gabriel Soares de Sousa
3. *Teatro de êxtase*, Pessoa
4. *Oração aos moços*, Rui Barbosa
5. *A pele do lobo e outras peças*, Artur Azevedo
6. *Tratados da terra e gente do Brasil*, Fernão Cardim
7. *O Ateneu*, Raul Pompeia
8. *História da província Santa Cruz*, Gandavo
9. *Cartas a favor da escravidão*, Alencar
10. *Pai contra mãe e outros contos*, Machado de Assis
11. *Democracia*, Luiz Gama
12. *Liberdade*, Luiz Gama
13. *A escrava*, Maria Firmina dos Reis
14. *Contos e novelas*, Júlia Lopes de Almeida
15. *Iracema*, Alencar
16. *Auto da barca do Inferno*, Gil Vicente
17. *Poemas completos de Alberto Caeiro*, Pessoa
18. *A cidade e as serras*, Eça
19. *Mensagem*, Pessoa
20. *Utopia Brasil*, Darcy Ribeiro
21. *Bom Crioulo*, Adolfo Caminha
22. *Índice das coisas mais notáveis*, Vieira
23. *A carteira de meu tio*, Macedo
24. *Elixir do pajé — poemas de humor, sátira e escatologia*, Bernardo Guimarães
25. *Eu*, Augusto dos Anjos
26. *Farsa de Inês Pereira*, Gil Vicente
27. *O cortiço*, Aluísio Azevedo
28. *O que eu vi, o que nós veremos*, Santos-Dumont
29. *Poesia Vaginal*, Glauco Mattoso

COLEÇÃO «QUE HORAS SÃO?»

1. *Lulismo, carisma pop e cultura anticrítica*, Tales Ab'Sáber

2. *Crédito à morte*, Anselm Jappe
3. *Universidade, cidade e cidadania*, Franklin Leopoldo e Silva
4. *O quarto poder: uma outra história*, Paulo Henrique Amorim
5. *Dilma Rousseff e o ódio político*, Tales Ab'Sáber
6. *Descobrindo o Islã no Brasil*, Karla Lima
7. *Michel Temer e o fascismo comum*, Tales Ab'Sáber
8. *Lugar de negro, lugar de branco?*, Douglas Rodrigues Barros
9. *Machismo, racismo, capitalismo identitário*, Pablo Polese
10. *A linguagem fascista*, Carlos Piovezani & Emilio Gentile
11. *A sociedade de controle*, J. Souza; R. Avelino; S. Amadeu (orgs.)
12. *Ativismo digital hoje*, R. Segurado; C. Penteado; S. Amadeu (orgs.)
13. *Desinformação e democracia*, Rosemary Segurado
14. *Labirintos do fascismo, vol. 1*, João Bernardo
15. *Labirintos do fascismo, vol. 2*, João Bernardo
16. *Labirintos do fascismo, vol. 3*, João Bernardo
17. *Labirintos do fascismo, vol. 4*, João Bernardo
18. *Labirintos do fascismo, vol. 5*, João Bernardo
19. *Labirintos do fascismo, vol. 6*, João Bernardo

COLEÇÃO «MUNDO INDÍGENA»

1. *A árvore dos cantos*, Pajés Parahiteri
2. *O surgimento dos pássaros*, Pajés Parahiteri
3. *O surgimento da noite*, Pajés Parahiteri
4. *Os comedores de terra*, Pajés Parahiteri
5. *A terra uma só*, Timóteo Verá Tupã Popyguá
6. *Os cantos do homem-sombra*, Mário Pies & Ponciano Socot
7. *A mulher que virou tatu*, Eliane Camargo
8. *Crônicas de caça e criação*, Uirá Garcia
9. *Círculos de coca e fumaça*, Danilo Paiva Ramos
10. *Nas redes guarani*, Valéria Macedo & Dominique Tilkin Gallois
11. *Os Aruaques*, Max Schmidt
12. *Cantos dos animais primordiais*, Ava Ñomoandyja Atanásio Teixeira
13. *Não havia mais homens*, Luciana Storto

COLEÇÃO «NARRATIVAS DA ESCRAVIDÃO»

1. *Incidentes da vida de uma escrava*, Harriet Jacobs
2. *Nascidos na escravidão: depoimentos norte-americanos*, WPA
3. *Narrativa de William W. Brown, escravo fugitivo*, William Wells Brown

COLEÇÃO «ANARC»

1. *Sobre anarquismo, sexo e casamento*, Emma Goldman
2. *O indivíduo, a sociedade e o Estado, e outros ensaios*, Emma Goldman
3. *O princípio anarquista e outros ensaios*, Kropotkin
4. *Os sovietes traídos pelos bolcheviques*, Rocker
5. *Escritos revolucionários*, Malatesta
6. *O princípio do Estado e outros ensaios*, Bakunin
7. *História da anarquia (vol. 1)*, Max Nettlau
8. *História da anarquia (vol. 2)*, Max Nettlau

9. *Entre camponeses*, Malatesta
10. *Revolução e liberdade: cartas de 1845 a 1875*, Bakunin
11. *Anarquia pela educação*, Élisée Reclus

Adverte-se aos curiosos que se imprimiu este livro na
gráfica Meta Brasil, na data de 5 de maio de 2022, em papel
pólen soft, composto em tipologia Minion Pro e Formular,
com diversos sofwares livres, dentre eles LuaLaTeXe git.
(v. 74eofof)